Christa
Harald

Illustration 喜久田ゆい

3
誤解された
『身代わりの魔女』は
国王から最初の恋と
最後の恋を捧げられる
The self-sacrificing witch is misunderstood
by the king and is given his first and last love.
Presented by 十夜
Illustration 喜久田ゆい

CTERS

ギルベルト・クラッセン

スターリング王国の
宰相。フェリクスの
ためになるかどうかを
基準に行動する。
それによりルピアを
傷つけてしまった。

バド・ラ・バトラスディーン

ルピアと共に
生まれた聖獣。
普段はリスのような
姿をしている。
ルピアのことをとても
大切に思っている。

フェリクス・スターリング

ルピアの夫。ルピア
から深い愛情を向け
られ、自身も彼女を
愛するようになる。
しかし、彼女を誤解して
傷つけてしまい——

ルピア・スターリング

世界に1人しかいない、
聖獣の卵を抱えて
生まれてきた
特別な魔女。
フェリクスを一途に
想っていたが……。

STORY

世界にただ一人の魔女
であるルピア。
ルピアが身代わりとなった
おかげで一命をとりとめた
フェリクスは、ルピアの
一途な愛を理解し、
彼女を誤解していた
ことを激しく後悔する。
しかしルピアは

CHARA

ミレナ・クラッセン

ルピアの
専属侍女で、彼女の
絶対的な味方。
ギルベルトの妹。
フェリクスの
乳姉弟。

ハーラルト・スターリング

フェリクスの弟。
おっとりとしていて
優しい少年。
ルピアに
なついている。

クリスタ・スターリング

フェリクスの妹。
勝気な美少女。
ルピアを姉と
慕っている。

ビアージョ

スターリング王国
騎士団総長。
年の功もあり、
優しく思慮深い。
ルピアが父親のように
懐いていた。

いつ目覚めるとも
知れない深い眠りに
ついたまま……。
そんなフェリクスのもとに、
ルピアの母国から
彼女を取り戻しに
イザーク・アスター公爵が
訪れる。
ルピアの従兄であり、
大陸にその名を轟かせる
傑物のイザークの想いを
正面から受け止めた
フェリクス。
そしてついにルピアが
目を覚まし——

ディアブロ王国
KINGDOM OF DIABLO
SEA
N

WORLD MAP

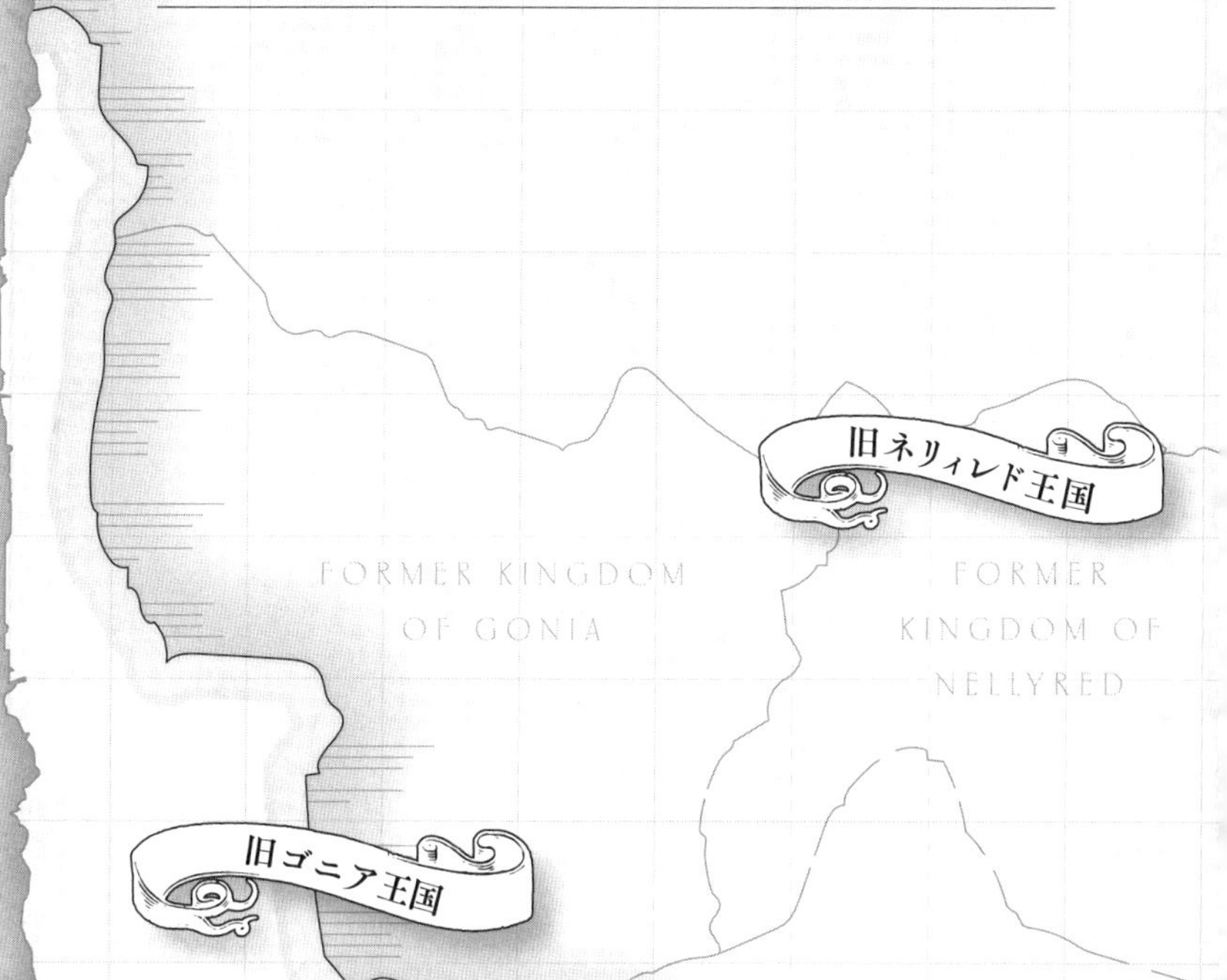
旧ネリィレド王国
FORMER KINGDOM OF GONIA
FORMER KINGDOM OF NELLYRED
旧ゴニア王国
KINGDOM OF STERLING
スターリング王国

ENTS

itch is misunderstood
n his first and last love.

by the king and is give

CONT

The self sacrificing w
by the king and is give

The self-sacrificing witch is
misunderstood
by the king and is given
his first and last love.

by TOUYA

第3章

国王は魔女に最初の恋と最後の恋を捧げる

The self-sacrificing witch is misunderstood
by the king and is given his first and last love

22・目覚め　2

「ルピア、……ルピア、後生だ。その子は私の子だ」

フェリクス様の表情は怖いくらいに真剣で、彼が本気で私の子どもの父親になりたがっているように見えた。

それとも、まだ私の恋心が残っていて、見たいものを見ているのだろうか。

困惑して瞬きをしていると、バドがどこからともなく聖獣の姿で現れた。

彼はまっすぐ私に近付いてくると、ベッドの上に乗り上げる。

「バド」

「おはよう、ルピア。よく寝たね」

からかうような声音で挨拶をしてきたけれど、表情はすごく優しかった。

私は嬉しくなって、バドの首に抱き着く。

「バド、おはよう。長々と眠ってしまったようだけれど、それはきっとあなたが側にいてくれて、そのことが快適だったからだわ」

バドの体の先で、なぜだかフェリクス様が苦しそうに顔を歪めるのが見えた。

不思議に思って首を傾げると、バドが小声で囁く。

「ふふふ、気にしなくていいよ。ルピアの僕への対応が、彼に対するものと違い過ぎていて、ショックを受けているだけだから」

そう言われて初めて、バドがフェリクス様の前で聖獣の姿をしていることに気付く。

「まあ、バド、フェリクス様と仲良くなったの？」

「……君は10年も眠り続けたからね。僕の前に頻繁に現れるのは、フェリクスとミレナくらいしかいないのだから、退屈に負けて話くらいするようになるさ」

バドはそう言ったけれど、彼は本当に頑固なのだ。

気に食わない相手ならば、10年くらい沈黙して暮らすだろう。

つまり、バドはフェリクス様の名前を呼ぼうと思ったくらい、彼のことを気に入ったということだ。

「フェリクス様は優しいし、立派な方だもの。あなたが認めたことに何の不思議もないわ」

そう言うと、バドは嫌そうな表情を浮かべ、フェリクス様は驚いて目を見開いた。

先ほどからのフェリクス様の態度に以前とは異なるものを覚え、どうしたのかしらと彼を見つめると、フェリクス様は泣きそうな表情を浮かべた。

「ルピア……君は変わらず相手のいいところを見るのだね。そうか、君はまだ私を立派だと思ってくれているのか。……ありがとう」

フェリクス様はまだ色々と話をしたい様子だったけれど、自らその感情を抑え込んだようで、私をもう一度ベッドに横たえる手助けをしてくれた。

「ルピア、君はすごく疲れているはずだから、もう一度眠った方がいい。すぐにミレナを寄越すから」

バドも同意するかのように私の隣に横になると、ふさふさの尻尾をふわりと私のお腹の上に載せた。

10年間も眠ったのならば、もうこれ以上眠る必要はないんじゃないかしら……と思ったけれど、気付いた時には再び眠りの中だった。

そして、目覚めた時、今度はミレナが涙目で私を見つめていた。

「……ミレナ？」

名前を呼ぶと、彼女はぼたぼたと涙を零しながら、ベッドに跪《ひざまず》くようにして私の手を握ってきた。

「ルピア様、お帰りなさいませ。よくぞお目覚めくださいましたわ」

その姿を見て、彼女にすごく心配を掛けたのだと気付き、申し訳ない気持ちになる。

「ミレナ、ごめんなさい。10年間も眠り続けて、あなたに心配をかけたわ。それに、眠る私の世話を10年もしてくれたなんて……退屈で、大変だったでしょう？」

ミレナはとんでもないとばかりに首を大きく横に振った。

「ルピア様のお世話をして退屈だと思うことも、大変だと思うこともありませんわ！　それに、ルピア様は必要だから、10年間眠られたのです。……お痩せになりましたけれど、眠る前の苦悩されている様子は微塵もありませんし、晴れ晴れとした表情をされています。私はそれだけで、この10年間に意味があったのだと思います」

「ミレナ……」

私の侍女は何て優しいのかしら、と感謝のあまり涙ぐむ。

すると、ミレナは困ったように両手を差し出してきた。

「あ、それに、ルピア様が思っているほど、私はお世話ができていないのです。結構な部分を、国王陛下がなさっていましたから」

「えっ？」

私は驚いて、声を上げた。

それは決して国王の仕事ではなかったからだ。

「フェリクス様は一体どのくらいのことをなさっていたのかしら？」

恐る恐る尋ねると、ミレナは難しい顔をした。

「そうですね、期間でいうと、ルピア様がお倒れになってからお目覚めになるまでですね」

「まあ、それは10年間ずっとということなの？」

「そうなりますね。お着替えや清拭は私が行《おこな》っており、日中は私がお世話をさせていただきましたが、夜から朝にかけては陛下が部屋に詰めておられました」

「えっ？」

私は驚いて、自分のベッドを見た。

身代わりになる前は、フェリクス様と別々に眠っていたのに、私の意識がない間は一緒に眠っていたのだろうか。

自然に頬が赤くなり、じわりと変な汗が吹き出てくる。

すると、そんな私の様子に気付いたミレナが、慌てた様子で手を振った。

「あ、申し訳ありません。私の言い方が悪くて、誤解をさせてしまったようです。国王陛下が休まれていたのはそちらの長椅子です。ルピア様のベッドに入られたのは聖獣様のみですわ」

「フェリクス様が長椅子に？」

フェリクス様は背が高い。

私の部屋にある長椅子では長さが足りず、とても快適に眠れるとは思えないけれど、ここで毎晩眠っていたのだろうか。

いえ、毎晩のはずないわね。

彼には新しい生活があり、きっとご側妃様を迎えられているはずだから。

だから、ご側妃様のところにも通われるだろうけれど、……その後に、私の部屋に戻ってきてくれたのだろうか？

そこまで考えたところで、胸がつきりと痛んだ。

……ああ、フェリクス様への恋心を全て捨て去ったつもりだったけれど、まだ少し残っているのかもしれない。

それとも、この感情は10年前のものを、今になって感じているだけなのかしら？

私はつと庭先に視線を移した。

すると、視界いっぱいに白い花と紫の花が見えた。

それは私の髪色と瞳の色だったため、私は大切にされているのだと自分に都合よく解釈することができた。

——先ほど、妃は私一人だと、フェリクス様は言い切ってくれた。

あの言葉がどのような意味なのか分からないけれど、しばらくの間は言葉通りに解釈して、穏やかな気持ちでいてもいいだろうか。

彼への恋心を捨て去り、彼が王として正しく進む邪魔をしないと決めていたにもかかわらず、未だにご側妃様の話を聞く勇気が育っていないようだから。

少し想像しただけで、胸がちくりと痛み出すほどに。

今の私には、フェリクス様の10年間の生活を知る勇気はなかったのだ。

「ごめんなさい。すごく美味しいと思うのだけれど、お腹がいっぱいだわ」

持っていたスプーンをベッドに設置された簡易テーブルの上に置くと、ミレナは悲しい顔をした。

それも当然だろう。

私は10年もの間、食事を摂ることなく眠っていたため、体が目に見えて細くなっていた。

そんな私を料理長が心配して、胃に優しいスープを作ってくれたのだけれど、たった二口で満腹を感じて、食事を終わりにしようとしているのだから。

原因は分かっている。

必要以上に長く眠り過ぎたため、人としての感覚が薄れてきているのだ。

対処法も分かっていて、無理矢理にでも食事をして、人間らしい生活を送ることが大切なのだけれど、これ以上一口だって食べられる気がしなかった。

そのため、スプーンを置いてミレナを見つめると、彼女はそれ以上強要することなく、皿を引こうと手に取った。

その時、こんこんと規則的なノックの音がする。

音が響いたのは廊下へ続く扉からではなかったため、私ははっとして、音のした方向を振り返った。

すると、続き扉が半分ほど開き、フェリクス様が半身を覗かせる。

……そうだわ。私の寝室はフェリクス様の部屋とつながっているのだわ。

フェリクス様はお風呂上がりのようで、シンプルなシャツ姿だったけれど、髪がまだ半分ほど濡れていた。

まあ、国王という大事な立場なのだから、風邪をひかないように髪をきちんとふかないと、と思ったけれど、私が口を出せる範囲を逸脱している気がして唇を引き結ぶ。

その間に、フェリクス様はミレナに何らかの指示を出したようで、彼女は一礼すると退出していった。

一方、フェリクス様は部屋の隅にあるティーテーブルから椅子を一脚抜き出すと、私のベッドの横に置き、その上に腰を下ろした。

「ルピア、君は目覚めて以降、水しか口にしていない。そして、初めての食事でその量は少な過ぎる。目覚めた以上、もはや君は食物からしか栄養を摂取できないはずだ。苦しいとは思うが、もう少しだけ食べてくれないか」

フェリクス様の眼差しが決意に満ちた強いものだったため、私は視線を落とす。

「……どうして、私が少ししか食べていないのが分かったの？」

私の質問を聞いたフェリクス様の体が、ぎくりと強張った。

「……すまない。君のことが心配で、続き扉を薄く開いたままにしていた。君は食事を開始したばかりで、すぐに終えようとするから、思わず声を掛けずにはいられなかった。私のことを煙たがってもいいから、もう少しだけ食べてくれないか」

できればフェリクス様の言う通りにしたいとは思うものの、とても食べられる気がしない。

そのため、黙ってスープを見つめていると、彼が手を伸ばしてきてスプーンを手に取った。

それから、スプーンに半分ほどスープを掬うと、彼自身の唇に押し当てる。

「……うん、熱くはないようだね。ルピア、どうしても食べられないと思ったら吐き出していいから、口に入れてみてくれ」

懇願するような眼差しを向けられたため、思わず小さく口を開ける。

すると、口の中にするりとスプーンが入ってきた。

反射で口を閉じると、ゆっくりとスプーンが口から抜かれる。

舌の上に残ったスープをそのまま飲み込むと、少しずつ体の中に沁み込んでいくのが分かった。

不思議なことに、先ほどは「苦しい」としか思えなかった食事が、「苦しいけれど美味しい」に変化する。

けれど、苦しいのは変わらないので、これ以上は飲めないわと思っていると、フェリクス様が皿の上からパンを手に取り、小さく千切ったのが見えた。

「これはね、料理長が特別な小麦粉とバターで焼き上げた、君のためのパンだよ。私も味見をしたが、ふわふわでほとんど噛む必要がなかった。料理長を労《ねぎら》う意味で、一口だけ食べてくれないか」

そう言われれば、無理をしてでも食べるしかない。

せめてもの抵抗に小さく口を開けると、パンをつまんだフェリクス様の指が私の唇に触れる形になり、どきりして口を閉じる。

もきゅもきゅもきゅとゆっくり噛んでいると、フェリクス様は私の咀嚼がとても大事なことであるかのように熱心に見つめていた。

ごくりと飲み込むと、彼は「12回か」とつぶやく。

「咀嚼回数が10回で済むパンを作るよう、料理長に申し付けておくよ」

そう言うと、彼は先ほど私の唇に触れた二本の指を自分の口元に持っていって、ぺろりと舐めた。

「えっ」

驚いて声を出すと、フェリクス様も驚いたように目を見張る。

「どうかした？」

どうやら無意識の仕草のようだったので、私は「何でもないわ」とつぶやいて俯いた。

すると、彼は「これで最後だから」と言いながら、もう一度、スープの入ったスプーンを差し出してくる。

とても食べられる気がしなかったので、恨めし気に彼を見やると、フェリクス様は申し訳なさそうに眉を下げた。

「ごめんね。君のお腹がいっぱいなのは分かっている。でも、どうかあと一口だけ食べてくれないか……腹の中にいる子どものために」

そんな風に言われたら、食べないわけにはいかない。

私は仕方なく口を開けると、差し込まれたスプーンの中のスープを飲んだ。

もう無理だわという意思表示で、体をクッションにもたせかけると、フェリクス様は手を伸ばしてきて、何度も頭を撫でてくれる。

「よく頑張ったね。ありがとう」

……冷静に考えたら、私は食事をしただけだ。

褒められるようなことは何もしていない。

そのことに気付いて、じっと彼を見つめると、フェリクス様は綺麗にカットされたグラスを差し出してきた。

「水だよ。ゆっくり飲んだら、どんな食事よりも美味しく感じるから。騙されたと思って飲んでごらん」

……それは分かる気がするわ。

私は両手を差し出したけれど、フェリクス様は先ほどの食事と同じように、自らの手で私の口元までグラスを運んでくれた。

こくり、こくりと水を飲み、私がもう十分と思ったタイミングで、フェリクス様はグラスの傾きを戻してくれる。

これまでの食事から考えたら、すごく少ない量だったけれど、食事自体が久しぶりだった私は、その行為だけで疲れてしまい、瞼《まぶた》がトロリと下がってきた。

そのことに気付いたフェリクス様は私を横にすると、ベッドの上にセットしていたテーブルを手早く片付ける。

それから、カーテンを閉め、灯りを一つだけ残す形で部屋を暗くした。

彼は再び私に近付いてくると、私の額に手を載せ、私の体温を確かめるかのように数秒間、そのままの姿勢でいた。

その慣れた手付きに、ああ、フェリクス様は毎晩、こうやって私の様子を見ていたのかもしれない、と眠たげな頭で考える。

彼は顔を近付けると、頬と頬をくっつけるようにして囁いた。

「おやすみ。私の大事な君に、安らかな眠りが訪れますように」

まるでそれが眠りの呪文であるかのように、彼の声を聞きながら、私はすぐに眠りに落ちた。

そのため、フェリクス様が枕元に置いた椅子に座り、一晩中私の眠る姿を眺めていたことを、私は知らなかった。

23・王妃の戸惑い

翌朝、私が目覚めた時、フェリクス様は私の寝室内にあるソファに座って、書類を読んでいるところだった。

けれど、私が目覚めたことに気付くとすぐに立ち上がり、足早にベッドまで歩み寄ってくる。

「おはよう、ルピア。体調はどうかな？」

彼は自然な様子で手を伸ばしてくると、私の額に触れた。

どうやら私の顔を見るたびに、発熱の具合を確認することが、フェリクス様の癖になっているようだ。

熱がないことに安心して笑みを漏らすフェリクス様に、私は疑問に思ったことを質問する。

「私が目覚める前から、フェリクス様はこの部屋にいたの？」

すると、彼は一瞬言葉に詰まった様子を見せたけれど、バツが悪そうに口を開いた。

「その……、君が眠っていた10年間、私はそこの長椅子で寝ていたのだ。枕が変わると眠れないという繊細な者がいるようだが、どうやら私もその一人でね。その長椅子でないと上手く眠れないのだ」

「…………」

私は驚いて長椅子を見やった。

先日も思ったことだけれど、目の前にいるフェリクス様と長椅子を比べてみると、フェリクス様の身長の方が高い。

この長椅子は彼が眠るには狭過ぎるし、ベッドほどに柔らかいわけでもないから、ベッドの方が快適に眠れると思うのだけれど……人によって、快適な寝台は異なるのかもしれない。

どういった経緯か分からないけれど、フェリクス様は私の長椅子が眠るのにぴったりの寝台だと気に入ったのだろう。

けれど、勝手に私の部屋から持ち出すわけにはいかないと考えて、この部屋で眠り続けていたに違いない。

「だったら、後ほど、フェリクス様の寝室にこの部屋の長椅子を運ばせるわね」

彼のためを思ってそう提案すると、フェリクス様は焦った声を上げた。

「ルピア、私は静かに眠れるタイプだ！　この部屋で眠ったとしても決して音を立てないし、君の眠りを妨げないと約束する」

私はフェリクス様の真意が分からずに、困って彼を見やる。

「フェリクス様……あなたは王だわ。そんなあなたにとって、一番大事なのは時間なのよ。私が眠り続けている時ならばまだしも、目覚めてしまった今、私の方が夜中に起きて音を立て、あなたの睡眠の邪魔をするかもしれないわ。この部屋で質の悪い睡眠を取るよりも、自室でぐっすりと眠って、すっきりした状態で政務を行ったり、貴族との交流を楽しんだりした方がいいんじゃないかしら」

私はできるだけ分かりやすく説明したつもりだったのに、フェリクス様にしては珍しく、私の発言全体ではなく、その一部に着目してきたため論点がズレてしまう。

「夜中に起きて音を立てるだって？　君は真っ暗闇の中、寝台から立ち上がるつもりなのか!?　それは危ないから、絶対にやめた方がいい！　いいかい、恐らく君が目覚めたら、私もすぐに目覚めるとは思うが、そうでなければ必ず私に声を掛けてくれ。喉が渇いただとか、必要な物があるのならば私が取るから」

「……それは王の仕事じゃないわ」

間違いなく彼が口にしたのは侍女の仕事だというのに、フェリクス様はきっぱりと断言した。

「間違いなく私の仕事だ。他の者に譲るつもりはないよ」

そうは思えなかったため、困って返事ができないでいると、フェリクス様は緊張した様子で言葉を続けた。

「ルピア、君がもはや以前とは同じ感情を持つことができず、私が『魔女のお相手』として失格になったことは理解している」

「えっ？」

突然、漏らしていないはずの心情を言い当てられ、私は驚いて目を見張った。

これまでの態度から、私がフェリクス様を好きだったことは見抜かれていたかもしれないけれど、眠っている間に恋心を捨て去ったことをどうして知っているのかしら？　と、びっくりしたからだ。

もしかしたら眠っている前と後では、彼に対する私の態度が異なっているのかもしれないけれど、断言できるほど明確な違いは見せていないはずだ。

戸惑ってフェリクス様を見つめると、彼はくしゃりと顔を歪めた。

「そんな私が、今さら何を言うのだろうと思うかもしれないが、……この10年間ずっと、眠り続ける君を見守りながら、己の過去を反省してきた。私は二度と間違えないし、君を誰よりも一番大切にする。世界にどれほどの数の男性がいたとしても、彼らの誰よりも君を幸せにすると誓う。だからどうか……私を切り捨てる決断をするのは、少し待ってくれないか？」

「……………」

フェリクス様の表情はどこまでも真剣で、そのため、動かないはずの心がつきりと痛む。

私のことを誰よりも一番大切にして、幸せにするなんて、……それが現実になったらどれほど幸せだろうと、以前の私は考えていたはずだ。

けれど、それは夢見がちな魔女の望みに過ぎない。

互いにそう思える恋なんて、まず滅多にないのだ――少なくとも、私の恋はそうでなかった。

私はできるだけ頑張ったけれど、それでも、どうにも叶わなかったのだから。

それなのに、ただ漫然と眠っていた間に叶うはずがない。

「私は10年間眠っていたので、現状を把握できていないけれど、10年もの間、王妃が不在というのは大変なことだわ。そのため、あなたには新しいか……新しい生活があるのではないかし……」

『新しい家族』と言いかけたけれど、なぜかその単語は口にすることができず、『新しい生活』と言い換える。

けれど、せっかく勇気を出して言いかけた私の言葉は、きっぱりとしたフェリクス様の声に遮られた。

「ルピア、君は一度も不在にしていない！　ずっとここで、私の隣で眠っていたのだ。ずっと私の隣にいたのだから、私はこの10年の間も君と生活していたに決まっている!!」


「…………」

私は意識もなく、ただ10年もの間、眠り続けていたのだ。

そんな私の側にいたからといって、それは一緒に生活したとは言えないし、ただ眠る私に寄り添って暮らすような、そんな寂しい毎日を彼に過ごしてほしいとも思わない。

そう考えて、困ったように見つめると、フェリクス様は絞り出すような声を出した。

「それに、もしも…………君が去ってしまったとしても、私には君以外必要ない。一人でいて、君を想っている方が何倍もいい」

はっきりと断言されたにもかかわらず、私は理解できずに大きく首を傾げた。

……目覚めた時にもフェリクス様は、妃は私一人だと言っていたけれど、どういう意味なのかしら、と再び疑問を覚えたからだ。

――10年間も、王妃を不在にすることの意味は分かっている。

フェリクス様は優しいから、私が側にいれば私を優先してくれるけれど、この国の総意はそうでなかった。

少なくとも一の文官と武官は、私以外の方を妃にと望んでいたのだ。

そのような状況の中、私が彼の唯一の妃であり続けることは、誰にとっても不幸だろう。

だから、私は眠り続けることにしたのだ。

幼い魔女の恋心が、この国の正しい在り方を邪魔しないように。

「王妃が眠り続けるのであれば仕方がない」と誰もが納得して、この国が正しい方向に進み出すように。

そして、フェリクス様は王だから、考えが揺れたとしても、最後には国益を優先するはずだ。

そんなフェリクス様は私の表情を見て何かを察したらしく、真剣な表情でベッドの横に跪くと、私の手を握ってきた。

「ルピア、私には君だけだ。その気持ちは一度も変わったことはないし、惑ったこともない。私が勝手に誤解して、君に酷い態度を取った時も、君から離れようとは決して思わなかった」

「…………」

フェリクス様から贈られたのは、とても素敵な言葉だった。

それなのに、どうして彼の言葉が胸に響いてこないのだろう。

フェリクス様は私を想う言葉を、出し惜しみせずに贈ってくれる。

これほどの言葉を彼に言わせるのならば、私も同じ言葉を返すべきだろうに。

「……フェリクス様、ごめんなさい。先ほどあなたが言ったように、私の心からはあなたを想う気持ちが抜け落ちてしまっていて、同じ言葉を返せないの。そして、そのことがすごく心苦しいわ。だから、もうこれ以上、私のために言葉を重ねないでほしいの」

フェリクス様はくしゃりと顔を歪めた。

「ああ……そうだろうね。君はそういう人だ。……ルピア、君はこれまで一度も、私への好意を直接口にしたことがない。恐らく10年前の君は、私が同じ言葉を返せないだろうからと、好意を口にするのを躊躇ったのだろう。でも、ごめんね。私は君が同じ言葉を返せないのが分かっていても、君への好意を口にするから」

「どうして」

私は色々な意味で混乱していた。

確かに私はこれまで一度も、直接彼に『好きだ』と伝えていないけれど、どうしてそのことに気付いたのかしらと不思議に思い、それから、なぜ彼は私に好意の言葉を告げようとしているのだろうと戸惑いを覚える。

「なぜなら私は君に求愛しているからだ。君が眠っている間、私は何もできなかった。そして、眠り続ける君を見て恐怖を感じていた。君が年を取ることなく眠っている間に、私一人だけが老いて死んでいくのではないかと。だから、君に頼んだのだ。『君が私を好きでいることが苦しくて、そのせいで目覚めを拒絶するのならば、その気持ちを捨てればいい』と」

「えっ」

知らなかった。

フェリクス様は眠る私に、そんな言葉を掛けてくれたのだ。

そして、私には彼の言葉が聞こえたのかもしれない。

だからこそ、大好きだったフェリクス様の言葉だからと、私は許された気持ちになって、これほどすっきりと恋心を捨て去ってしまえたのかもしれない。

私の中から恋心が消え去った理由を理解したように思い、納得していると、フェリクス様の声が響いた。

「その際、私は誓ったのだ。『君が私への想いを忘れても、私はずっと君を愛するし、必ず君を取り戻すから』と」

「…………」

彼の言葉を聞いて、私は途方に暮れる。

フェリクス様が一体どのようなつもりで、その言葉を口にしたのかが分からなかったからだ。

話をしない、感情もない、眠っているだけの相手に、好意を持つことなどあり得ない。

だから、私が眠り続けていた以上、彼が何らかの新たな感情を抱いたとしても、それは好意でないはずだ。

「君は私の言葉に従い、目覚めるために私への恋心を捨て去った。……ルピア、君からもらった手紙に、君は7歳で恋に落ちたとあった。7歳から10年間、私に恋をし続けてくれたから、忘れるのに10年かかったのだろう」

そうだわ。眠る前に、彼に長い手紙を書いたのだった。

私が魔女であることを伝え、彼をどれだけ想っていたかを手紙で伝えたのだ。

だからこそフェリクス様は、私が彼に恋をしていたことに気付いたのだろう。

「だが、君が忘れることに費やした10年間を、私は君に恋することに費やした。……いや、違うな。当時の私に自覚はなかったが、君に出会った6歳の時から、私も君に恋をしていたのだ。世界が、虹の女神が私を愛してくれると感じていたが、それは私の勘違いで、私に愛をくれたのは君だった。

そのことを理解した途端、女神に感じていた感謝の心は、正しくは君への想いだったのだと理解したのだから」

「…………」

多分、それはフェリクス様の思い違いだ。

彼は私に恋していると考えているのかもしれないけれど、実際には恋以外の感情だろう。

私はそう確信しているというのに、フェリクス様は苦しそうに言葉を続けた。

「ねえ、私は何年、君に恋していることになるのだろうね。こんな私が君を諦められるはずもない」

✿　✿　✿

フェリクス様の発言の真意が分からず、返事ができない私に対して、彼ははっとしたように目を瞬かせた。

「ルピア、すまない。君は目覚めたばかりだというのに、長々と話をして疲れさせてしまった」

それから、彼はいつものように手を伸ばしてくると、私の額に大きな手のひらを当てた。

そして、発熱していないことを確認すると、ほっとため息をつく。

「今日はこれまでにしておくが、……君の体調がよくなった暁には、私のこれまでの行動を一つ一つ説明する時間をもらえないか？　それから、これからのことについて話をしたい」

フェリクス様は懇願するような表情でそう口にしたけれど、私の体調が万全ではないために心弱くなっているようで、彼の話を聞きたいとは思えなかった。

フェリクス様はきっと、嘘をつかないだろう。

だから、全てを正直に話してくれるのだろうけれど、その中に一つでも辛い話が入っていたら……この10年の間、彼が誰かと親しくしていただとか、別の女性に心魅かれたことがあっただとかの話が出てきたら、とても耐えられないと思ったからだ。

多分、私の悲しみ耐性は呆れるほどに低いのだ。

彼への想いを忘れ去ってしまったはずなのに、それでも、これほど彼に影響を受けるのだから、どうしようもないわね……。

私は自分の弱さに内心でため息をつきながら返事をする。

「フェリクス様、あなたはずっと、何でも正直に話をしてくれたわ。それはあなたの美徳で、褒められるべきものだけれど……私の体調が万全でないために心弱くなっているのか、あなたが話す真実のいくらかは、私には辛いかもしれないと思えるの。だから……できれば、まだしばらくの間、その話はしたくないわ」

私の言葉を聞いたフェリクス様は、悲しそうに顔を歪めた。

その様子を見て、ああ、私の弱さはどうしようもないわねと、自分が情けなくなる。

彼を傷付けるつもりはなかったのにと、思わず謝罪の言葉を口にしようとしたけれど、それより早くフェリクス様が口を開き、途切れ途切れに言葉を紡ぎ出した。

「そうか。……そうだね。私の感情は重くて執拗だから、……聞いた君は、苦しく感じるかもしれないね。ああ、確かに、私の感情を君に示したいと考えるのは私の我儘だ」

彼の言葉を聞いた私は、ぱちぱちと瞬きをする。

私に理解力がないのかもしれないけれど、彼の話と私の話は行き違っているように思われたからだ。

そして、以前はそのようなことはなかったのに、と考えたところで、その「以前」から10年もの月日が経っていることに気が付いた。

……ああ、そうだわ。私はただ眠っていただけだけれど、その間にフェリクス様は10年間の経験を積んで、10年分成長したのだわ。

私が眠る前の彼の考えと同じものを持ち続けているはずもないのだから、ズレが生じるのは当然のことなのだ。

私はじっとフェリクス様を見つめる。

滅多にないほど端整な顔立ちに、人としての深みが加わった、とても魅力的な顔を。

……ああ、間違いなく彼を目にした十人のうち十人全員が、フェリクス様を「魅力的」だと評するだろう。

彼はそんな風に一目で人を引き付ける外見をしているのに、さらに、10年間眠り続けていた妻に気遣いを見せる優しさを持っていて、そのうえ、一国の王なのだ。

多くの女性たちが、彼に魅かれるのは間違いないだろう。

「ごめんなさい。やっぱり、これまでのあなたの話は聞きたくないわ」

気付いた時には、そう口にしていた。

間違いなく、フェリクス様のことを好きな女性の話がたくさん出てきそうな気がしたため、聞きたくないと思ったのだ。

すると、フェリクス様は必死な様子で口を開いた。

「では、何か別の話をしよう。できれば君の興味を引く話題で、楽しいものを！　少しの時間でもいいから、毎日！　ああ、頼むから断らないでくれ。どうか私に、君と過ごす時間を持たせてほしい」

そう熱心に言われたけれど……。

私が眠り続ける前の彼は18歳だったから、今は28歳になっているはずだ。

フェリクス様と結婚した時の私は17歳で、彼より年上だったのに、今では私の方が11歳も年下になってしまった。

10年以上もの経験差がついてしまったのだから、彼にとって私は未熟で、色々と足りていないように見えるはずだ。

「……私と話をしても、面白くないと思うわ」

だから、正直な感想を告げた。

28歳のフェリクス様からしたら、17歳の――――しかも眠り続けていたため、10年前の話題しか提供できない私の話など、面白くないに違いないと思ったからだ。

それなのに、フェリクス様は真剣な表情で言葉を続けてくる。

「もちろん、面白いに決まっている！　ねえ、ルピア、君は慈悲深かったはずだ。その慈心をわずかでいいから私に分けてくれないか」

私はフェリクス様を見て、小首を傾げる。

どの道、私はしばらくベッドから動けないから、暇を持て余すだろう。

フェリクス様が来てくれるのならば、私はもちろん歓迎するけれど、問題なのは彼の時間が無駄になることだ。

以前ですら、フェリクス様とは朝食の時間しか会えない日が多かったのだから、王である彼が忙しいことは間違いない。

だから、なぜ彼がこれほど熱心に、私との会話を望んでいるのかは理解できなかったけれど、何度か話をしてつまらないと思ったら、自然と訪れは減っていくはずだ。

「分かったわ。フェリクス様の都合がいい時に、私の部屋を訪れてちょうだい」

私の言葉は裏を返せば、『忙しい』と言い訳をすれば、私への訪れをやめることに問題はない、ということだったのだけれど、彼は言葉の裏の意味に気付いていない様子で、ぱっと顔を輝かせた。

「ルピア、ありがとう！　では、急いで政務に行ってくる。そうして、急ぎのものを終わらせたら、午後にもう一度顔を出すから！」

そのどこまでも嬉しそうなフェリクス様の様子を見て、私はもう一度、小首を傾げる。

以前の彼は、言葉の裏の意味に気付かないことなどない、誰に対しても隙を見せないタイプだった。

それなのに、なぜだか今の彼は、私の言葉を素直過ぎるほど額面通りに受け取るし、無条件に私を信じているようだ。

一体、フェリクス様はどうしてしまったのかしら、と私は心底疑問を覚えたのだった。

❁　❁　❁

以前、身代わりになった時には、バドのお城で2年間眠っていた。

目覚めてすぐに母国のお城に戻ったけれど、私の強い希望もあって、目覚めた1週間後にはスターリング王国行きの馬車に乗せてもらえた。

ただし、目覚めてからの数日間はベッドの上での生活を余儀なくされ、馬車に乗るのにも、『1時間ごとに休憩を取るように』との条件が付いてきた。

そのため、当時の私は、母国の家族は何て心配性なのかしらとびっくりしたものだけれど、どうやらフェリクス様はそれ以上に心配性のようだ。

私がベッドの上で生活するのは同じだけれど、母国では一日1回だった侍医の診断が、ここでは一日3回もあるのだから。

「体力は落ちているかもしれないけれど、十分眠ったから私は健康体だわ。そんなに何度も確認しなくても大丈夫よ」

忙しい宮廷医師の手をこれ以上煩わせるわけにいかないと、私の健康状態に問題がないことを説明したけれど、侍医は困った表情を浮かべただけだった。

「こちらは国王陛下からのご指示でして。毎回、診断後は、国王陛下に結果をご報告することになっていますので、従わないわけにはいかないのです」

「まあ」

どうやら私の体調に問題がある時だけでなく、毎回、きっちりと侍医自らフェリクス様へ報告を行っているらしい。

それはどう考えてもやり過ぎだと思うのだけれど、それらを指示しているのは全てフェリクス様とのことだ。

10年前は気付かなかったけれど、フェリクス様は重度の心配性だったのかしら?

そんな彼を一体どうしたものかしら、と私は頭を抱える。

目覚めた翌朝に、『少しでいいから毎日話をしたい』と言っていたフェリクス様は、本当に毎日、私の部屋を訪れていた。

もっと言うと、フェリクス様は日に一度でなく、何度も私のもとを訪れていた。

忙しい王の行動としては、行き過ぎているように思われる。

フェリクス様がものすごく忙しくて、大勢の者が彼を頼りにしているのは間違いないのだから、

……そして、私は特に有益な話を提供できるわけではないのだから、私室訪問の約束をしたものの、実際には彼が何度か私のもとを訪れたら、それで終わりになるものと思っていた。

けれど、予想に反して、フェリクス様は1週間が過ぎた今も、日に何度も私を訪れ、事前に考えてきたらしい話を一生懸命していく。

フェリクス様が私を楽しませようと、明らかに前準備をしてきている様子に何も言えなくなって、

……そして、彼が私のために努力してくれることが嬉しくなって、いつの間にか、一緒に過ごす時間を心待ちにするようになってしまった。

けれど、果たしてこのままでいいのだろうか？

忙しい彼にとって、頻繁に私のもとを訪れることは、負担になるのではないだろうか？

そう心配しながらも、フェリクス様がいつも嬉しそうにしているため、訪れを拒否できないでいると、フェリクス様はいつの間にか、私の食事時にも同席するようになってしまった。

そして、一口でも多く私に食べさせようとする。

その気持ちをありがたく思ったけれど、ただ私の食事を見つめるだけの時間を過ごさせるのは申

し訳なく思われ、正直に気持ちを伝えたところ、その日以降、フェリクス様は私の寝室で一緒に食事をするようになってしまった。

そして、夜も、眠っている際に布団を跳ねのけて風邪を引いたら大変だとか、夜中に喉が渇いて水がほしくなったら人手がいるだとか、絶対に王の仕事ではない役割を自分のものだと言い張って、私の寝室で休むようになった。

あの長さが足りず、柔らかさも足りない、私の部屋の長椅子で。

「……ミレナ、フェリクス様はどうしてあの長椅子にこれほど固執するのかしら？　場所にまでこだわりがあるみたいで、陽の入り具合が異なると目覚めが悪くなると言われて、ご自分の部屋に置き直すことも厭われるのよ」

フェリクス様の気持ちが分からずに質問すると、ミレナは私の髪をすきながらすらすらと答えた。

「それは、陛下が『この部屋で眠りたい』と正攻法でおっしゃっても、ルピア様が拒絶されそうでしたので、何とか頑張ってこの部屋の長椅子で眠る理由を考えられたのだと思います。当のルピア様が首を捻られているので、あまり優れた説明ではなかったようですが」

「えっ、『理由を考えた』って、本当は快適だと思っていないということ？　でも、フェリクス様は10年間、あの長椅子で眠っていたのよね？」

ミレナの言葉を理解できずに聞き返すと、代わりに聖獣姿のバドが答えを返してきた。

「ルピア、それは突き詰めない方がいい内容だよ。あの長椅子がダメだと言ったら、次は『この部屋の絨毯の上が、最も快適に眠れる場所だ！』とフェリクスは言い出すはずだから。ルピアだって、床で寝られるよりはいいんじゃないの？」

バドの一言で、一気に会話から真面目さが失われる。

「もう、バドったら。私は真面目に話をしているのに、すぐにふざけるんだから。フェリクス様がそんなことを言い出すはずがないじゃないの」

たしなめると、バドは分かっていないなと言いたげに、尻尾をふさりと振った。

「これが、魔女とそれ以外の人間の越えられない壁だよね。ルピアの中では時間が止まっていたから、周りの者たちの時間は動いていて、感情が育ったことを理解できないんだ。……まあ、いいや。ところで、さっきからやけに念入りに髪を整えているけれど、誰か来る予定でもあるの？」

「ええ、もうすぐクリスタが顔を見せに来てくれるの！」

私はにこりと微笑みながら、バドに告げた。

フェリクス様の妹であるクリスタは、最後に会った時には9歳のおしゃまな少女だった。

それが、今ではどんな素敵なレディになっているのかしら？

うきうきしながら訪れを待っていると、ノックの音と同時に扉が開いた。

「ルピアお義姉《ねえ》様！」

澄んだ高い声が響く。

現れたのは、誰が見ても間違いようのない絶世の美女だった。

「えっ、クリスタ？」

黄色をベースに橙色のメッシュが入った髪は、確かに小さな頃のクリスタと同じだったけれど、明らかに私よりも背が高くなっているし、体型もおうとつがあって女性らしいし、キレイに化粧された顔立ちは洗練されている。えっ⁇

「クリスタよね？　でも、私よりも大人っぽくなっている⁇」

大きく首を傾げる私を見て、クリスタは悪戯っぽく微笑んだ。

「そうだとしても何の不思議もないわ。だって私は19歳になったんだもの！　17歳のお義姉様より年上だわ」

「まあ、その通りだわ！」

気付いていなかったことを指摘され、私は驚いて目を見張ったのだった。

頬を赤らめ、ちょっと勝気そうな表情を浮かべる美少女には、小さなクリスタの面影があった。

そうだわ。少しつり上がった目で、得意気に見つめてくるのはクリスタだわ。

そんなクリスタはドレスの裾を摑んで優雅な礼を取ると、バドに挨拶する。

バドがクリスタに向かってふわりと尻尾を振る姿を見て、まあ、いつの間にか聖獣姿のバドもクリスタを受け入れているのねと嬉しくなった。

きちんと淑女の礼《カーテシー》を取れるクリスタの立派な姿を見て誇らしくなった私は、ベッドに半身を起こした状態で両手を広げる。

「クリスタ、大きくなったわね」

クリスタは私の記憶の中の小さな少女の時のまま、まっすぐ駆け寄ってくると、私のお腹にあたらないよう気を遣いながら上半身を抱きしめてくれた。

「ルピアお義姉様、お目覚めをお待ちしていたわ！　おかえりなさい！」

「まあ、それは……あなたが想定していたより何倍も、私は寝坊をしてしまったのじゃないかしら？」

申し訳ない気持ちで尋ねると、クリスタは晴れやかに微笑む。

「いいえ、お義姉様は大変な経験をされたのだから、お好きなだけ眠る権利があるわ」

クリスタはベッドの側に置かれた椅子に座ると、私の手を握った。

「お義姉様、すっかり細くなってしまったけれど、そのことでお美しさが増したわね。まるで天上にいらっしゃるという天使のようだわ。目覚めてからずっと寝台暮らしをなさっていると聞いて心配していたけれど、顔色もいいようで安心したわ」

クリスタはそっと私のお腹に片手をあてると、優しい声を出す。

「お義姉様の赤ちゃんもこんにちは。よかったわね、これからはあなたのお母様の声が聞けるわよ」

そんな風に次々と優しい言葉を掛けてくれるクリスタは、美しくも愛らしい妙齢の女性で、さらに思いやりを身に付けていたため、成長した姿に戸惑いを覚えた。

「10年は長いのね。私はあなたの成長を見逃してしまったのだわ」

失った10年を残念に思ってそう零すと、クリスタは優雅な仕草で肩を竦める。

「正直に言って、この10年の間に楽しいことはほとんどなかったわ。だから、眠っていたことを惜しむ必要はこれっぽっちもないと思うの。何といったって、この国は常冬の状態に入ったのだから」

「常冬？」

スターリング王国には四季があったはずだけれど……。

そう不思議に思ったものの、続くクリスタの言葉から、どうやら『常冬』というのは比喩表現で、彼女の置かれた環境が常冬だと感じるくらい、常に大変だったと言いたかったらしい。

クリスタは大きく両手を広げると、信じられないとばかりに訴えてきた。

「恐ろしいことに、私は13歳で成人させられたわ！　これまでのスターリング王国の王女は15歳で成人していたから、通常より2年も早いのよ!!」

「えっ、それは……クリスタの成長が早くて、とっても美人に育ったからかしら？」

今のクリスタから想像するに、13歳のクリスタも十分美しかったはずだ。

戸惑いながらもそう返すと、クリスタは楽しそうな笑い声を上げた。

「ふふふ、お義姉様ったら！　本当にお考えが可愛らしくていらっしゃるわ。でも、残念ながらハズレよ。答えはね、成人した王族を作るためよ！　当時、成人済みの直系王族はフェリクスお兄様しかいらっしゃらなかったけれど、晩餐会を開かない、舞踏会に出ない、宰相が頼み込んだ必要最低限の謁見のさらに半分しか対応しない、とそれは酷いものだったのよ。だから、対人業務を果たすために、私が無理矢理成人させられたってわけ！」

「えっ」

私は本当にびっくりして、目を見開いた。

10年前のフェリクス様はきちんとした社交性を身に付けていて、その点について心配することは何もなかったからだ。

それなのに、『晩餐会を開かない』し、『舞踏会に出ない』？

加えて、『宰相が頼み込んだ必要最低限の謁見のさらに半分しか対応しない』だなんて、とてもフェリクス様の行動とは思えない。

クリスタが語ったフェリクス様の姿は、私が知っているそれと全く異なっていたため、戸惑って目を瞬かせていると、クリスタはふっと小さく微笑んだ。

「お義姉様が知っている10年前のお兄様とは、だいぶ違っているかもしれないわね。そして、お兄様は今だってきっと、お義姉様の前では以前と変わらない姿を見せようとしているのでしょうから、私の言うことが信じられないとは思うけど……」

そこで言葉を切ると、クリスタは意地悪そうな笑みを浮かべた。

「ふふふ、10年前と変わらない姿を見せ続けているお兄様は、恐らく、お義姉様にご自分が変わったことを知られたくないのでしょうね。けれど、私はしゃべるわよ！　だって、変わってしまったお兄様のせいで、ひどく苦労させられたのですからね!!」

「ク、クリスタ？」

イメージに合わない邪悪な笑みを浮かべたクリスタを見て、動揺して名前を呼ぶ。

クリスタはふふふと楽しそうに笑った後、話の続きを始めた。

「そうそう、お兄様の話だったわね。お兄様は10年前から徐々に変わっていかれたのよ。どんどん無口で、偏屈で、面白みのない人間になっていったわ。加えて、情緒不安定。眠っていたお義姉様の調子は、日によって悪くなることもあったのだけれど、そんな日は、お兄様はこの世の終わりみたいな顔をして、お義姉様の美徳を一日中数え上げていたわ。それから、『こんなに素晴らしい女性だから』と、女神にお義姉様の無事をお願いしていたのよ」

クリスタは両手を組み合わせると、その当時のフェリクス様の真似を始めた。

「正直に言って、妹だから何とか堪えられたけれど、あれが赤の他人ならば、さっさと見捨てるほどの鬱陶しさだったわ！」

✿ ✿ ✿

「え、ええと、クリスタ、フェリクス様にはたくさんのいいところがあるのよ」

クリスタの口から、実の兄に対するものとは思えないほど辛辣な言葉が飛び出たため、取りなす言葉をかける。

クリスタは被害を被った側なので、苦情を述べたいのだろうけれど、彼女の話を聞く限り、フェリクス様は私のために女神に祈ってくれたのだ。

忙しい彼が、眠っている私のために時間を使い、心を砕いてくれたことをありがたいと思う。

けれど、私がフェリクス様を庇ったことがクリスタは気に入らなかったようで、さらに兄をけなし始めた。

「まあ、お義姉様ったら、お言葉を返すようだけれど、今のお兄様には褒めるべきところはほとんどないわよ！　お得意だった社交性までもが低下した結果、先ほども言ったように、私が13歳で成人させられたのだから。13歳の私が晩餐会で多くの貴族たちをもてなし、舞踏会で主催者挨拶を行っていたのよ」

クリスタから発せられる言葉は厳しかったけれど、最後は茶目っ気を覗かせて、片目を瞑りながら発言していたので、その姿を見た私はほっと安心する。

よかった。フェリクス様に厳しい発言をするのは、きょうだいゆえの仲の良さの表れなのだわ。

昔から、クリスタは根はとっても優しかったから、これだけ厳しいことを口にするのは、愛情の裏返しなのだろう。

私はふと浮かんだ疑問を口にする。

「どうしてフェリクス様は、そんな風になってしまったのかしら？」

私の知っているフェリクス様は、他人の気持ちを思いやる優しい性格をしていて、眠り続けた妃に対しても想いやりをもって接し、面倒を見てくれる。

そんなフェリクス様と、クリスタから語られるフェリクス様が全く一致しなかったため、何か大きな事件でもあって、変わらざるを得なかったのかもしれないと思ったのだ。

クリスタは過去を思い出そうとするかのように、考える様子を見せた。

「……そうねえ、お義姉様が倒れてからしばらくの間、お兄様はただべったりとお義姉様の側に張り付いていたのよね。だから、晩餐会にも、舞踏会にも出たくはなかったのでしょうけど、立場上そういうわけにいかないし、貴族たちと交流することの重要性も理解していたから、少しずつ参加するようになっていたのよね」

先ほどから、クリスタの話には、私に寄り添うフェリクス様の話が何度も出てくる。

他の者から、私のことを大事にしてくれるフェリクス様の話を聞くのは初めてのことだったので、気恥ずかしくなって両頰を押さえていたけれど、クリスタは気付かない様子で話を続けた。

「でも、ある日、晩餐会の名の下に、お見合いの席がセッティングされたの。出席者が全員で協力して、一人のご令嬢を褒めそやし、はっきりとお兄様に薦めたのよ。肝心のご令嬢も、まつげをぱちぱちと瞬かせて、お兄様に媚びる始末でね。そうしたら、お兄様はそのまま席を立って、晩餐室を後にされたの。それ以降は二度と、晩餐会を開催されなくなったというわけよ」

「えっ」

それは私の知っているフェリクス様の行動とは、全く異なっていた。

もしもフェリクス様本人に根回しすることなく、勝手にそのような席を設けたのだとしたら、彼が腹立たしく思うことは理解できる。

けれど、たとえそうだとしても、フェリクス様はいつだって周りの者に気を遣い、決して高圧的な態度を取らなかったはずなのに。

「舞踏会は……」

クリスタは何事かを言いかけたけれど、私の顔を見た途端に言葉を止める。

「クリスタ?」

どうしたのかしら、と尋ねるような声を掛けると、彼女は何でもないとばかりに頭を振った。

「ええと……、要するに、お兄様のお気に召さないような会だったということね。そのため、お兄様は二度と舞踏会を開かないと宣言して、それ以降は実際に二度と開かなかったし、参加もしなかったというわけよ」

「まあ」

クリスタの話では、フェリクス様は貴族たちと交流することの重要性を分かっているとのことだった。

それなのに、晩餐会はまだしも、舞踏会を開かないのは理解することが難しい話だ。

そのため、国益にかかわるような高度な問題でも起こったのかもしれないと思う。

だからこそ、はっきりと口にすることがはばかられ、クリスタはお茶を濁したのかもしれない。

フェリクス様は大丈夫なのかしらと心配していると、クリスタは不満気に言葉を続けた。

「だから、今はどちらも私の名前でしか開催できないのよ！　あるいは、ハーラルトの名前でね！　そうそう、おかげでハーラルトも13歳で成人したのよ。ただし、私たちは転んでもただでは起きないから、代わりの条件を二人で突き付けてやったの。つまり、婚姻相手は自分たちで探すわよって！」

「えっ」

今日は驚かされてばかりだ。

一国の王妹と王弟が自分で婚姻相手を探すだなんて、とんでもない話なのだから。

そのため、そんな話を受け容れてもらうのは難しいのではないかしら、と考えていたのだけれど、クリスタは勝ち誇った笑みを浮かべた。

「ほほほ、背に腹は代えられないようで、重臣たちは要求を呑んだのよ。お兄様は10年前から自由恋愛を支持しているから、最初から私たちの好きにさせるつもりだったようだし。おかげで、私もハーラルトも、花の独身暮らしってわけ！」

フェリクス様を心配する話だったはずなのに、一転してクリスタの逞しい話になったため、彼女らしいわと笑みがこぼれる。

それから、クリスタの話の中に懐かしい名前が出てきたため、ふと気になって質問した。

「ねえ、クリスタ、10年前はいつだって、あなたはハーラルトとともに私を訪れてくれていたわよね。今日は、ハーラルトは一緒じゃないの？」

✿ ✿ ✿

私の質問を聞いたクリスタは、「そうなのよね」と顔をしかめた。

「それが、あの子は総督として、ここのところずっとゴニアに滞在しっぱなしなの。でも、お義姉様がお目覚めになったと聞いたならば、すぐに戻って来るんじゃないかしら」

「総督？」

思ってもみない単語を聞いて、私は首を傾げる。

すると、クリスタは顔をしかめたまま頷いた。

「そう、ハーラルトは16歳とはいえ王弟という立場だから、頭の役職に就かせるのに適任なのよ。お兄様は王宮から出ようとしないから、代わりにいつだってハーラルトがこき使われているってわけよ」

フェリクス様の話になるたびに、必ず彼が非社交的のように表現されることに違和感を覚えるものの、それよりもハーラルトがゴニア王国に滞在しているという話の方が気になって質問する。

「それは大変だわ。でも、ゴニア王国は独立した国じゃなかったかしら？」

私の記憶が正しければ、10年前は国境沿いにある鉱山を巡ってゴニア王国と戦っており、その戦いにスターリング王国が勝利したところだったはずだ。

つまり、ゴニア王国は独立した別の国だったのだ。

けれど……、通常、『総督』というのは、占拠した土地に置く役職のはずだ。

10年前はゴニア王国との戦争が終結したばかりで、あの国とは緊張状態にあった。

だからこそ、フェリクス様が倒れた原因となった毒蜘蛛は、ゴニア王国から持ち込まれたのではないかと疑われていたはずだ。

そんな国に滞在して、ハーラルトの安全は守られるのだろうか。

心配になってぎゅっと手を組み合わせていると、クリスタが思ってもみないことを口にした。

「ああ、ゴニア王国はお兄様が併合しちゃったのよ」

「えっ！」

併合とは、別の国を自分のものにすることだ。

ゴニア王国とは長年争いを繰り返していたけれど、勢力は拮抗していたはずだ。

その相手国をたった10年で制圧したということだろうか。

そんなことが可能なのかしら、と驚いて目を見開いていると、クリスタは何でもないことのように追加情報を口にする。

「もっと言うと、その隣にあったネリィレド王国もお兄様が併合したの。だから、今やスターリング王国は大陸一の広さを誇っているわ。現在のルピアお義姉様は、大国の王妃という立場なのだけれど、……お兄様から何も聞いてないかしら？」

目を見開いたまま、ぶんぶんと首を大きく横に振ると、クリスタはどういうことかしらと首を傾げた。

「あら、そうなのね。お義姉様が目覚めてから数日経ったから、とっくにその辺りのことは説明していると思ったのだけど……。詳しい話を聞きたいなら、お兄様に尋ねたらいいわ。突然、強行策に出たのはお兄様だし、結局のところ、お兄様の真意をはっきり把握している人はいないのだから、本人に聞くしかないのよね。なぜなら肝心のお兄様の口数が少なくていらっしゃるから、私たちはお兄様の考えを推察するしかないのよ」

「口数が少ない？」

最近のフェリクス様は、前にもまして饒舌に思われるため、不思議に思って聞き返す。

すると、クリスタはおかしそうに笑みを浮かべた。

「ああ、お義姉様の前ではぺらぺらと多くのことをしゃべるのかしら。そうだとしたら、沈黙が怖いのかもしれないわね。だから、無理してしゃべっているのかもしれないけれど、今のお兄様はお義姉様以外どうでもいいから、他の者の前では全く気を遣わないのよ。だから、しゃべりたくない時はずーっと黙っているわ」

次々に新たな情報が飛び出し、聞いた話を整理しきれずに沈黙していると、クリスタはさらに言葉を続けた。

「でも、誰も文句を言わないのよね。お兄様に欠点があるのは確かだけど、国王として本当に必要なものは備えているし、皆そのことを分かっているから。多分、お兄様は天才なのよ。しかも、その天才はお義姉様が眠ったあたりから、新たな能力を開花させちゃったみたいでね」

「……そうなの？」

話の中のフェリクス様が、私の知っているフェリクス様と全く異なるため、段々別の人の話を聞いているような気持ちになってくる。

そのため、自信がないままに尋ねたけれど、クリスタにとっては新たなフェリクス様の方がお馴染みのようで、当然だといった様子で大きく頷いた。

「ええ、お義姉様の枕元から離れたくないと考えたお兄様が、人に任せることを覚えたのよ。そうしたら、お兄様はその部分がものすごく優れていたみたいでね。適材適所っていうのかしら？　これ以上はないくらいぴたりとはまる人物を、その役職に据えるのがお上手だったのよ。意外性のあるものすごい昇格みたいな人事がいくつもあって、その結果、選ばれた人たちがまた頑張っちゃって」

そこでいったん言葉を区切ると、クリスタは優雅な仕草で肩を竦めた。

「だから、お兄様の煌びやかな実績はどんどん積み上がっていったってわけ。たとえば、併合したゴニア王国は食糧不足にあえいでいたから、大規模な灌漑《かんがい》工事と土壌改良策を行った結果、たくさんの作物が実るようになったの」

「それはすごいわね」

クリスタは簡単に口にしたけれど、一国の食糧不足を解消したとしたら大変なことだ。

それ以前に、二つもの国をたった10年で併合したこと自体が、歴史に残る偉業に違いない。

初めて聞く話にただただ驚いていたけれど、クリスタにとってはフェリクス様の対応の方が気に掛かるようで、「それよりも！」と勢い込んで続けた。

「せっかく善政を施したのならば、最大限効果的に喧伝《けんでん》すべきだわ！　それなのに、お兄様は大々的に広めさせることはなかったし、かといって自ら吹聴することもなかったの。そのうえ、大勢のゴニアの民たちがお兄様に感謝した際にも、お兄様は嬉しそうな様子も、得意気な様子も見せなかったわ。ああいう場面を上手く使って、自分をよく見せるのが為政者でしょうに！」

クリスタは側にあったクッションを摑んでぎゅううっと締め付けると、その上に顎を載せる。

「ただ、実績自体は疑いようもなく素晴らしいものだったから、最終的には善政を敷いているとの噂が広まったのよね。さらに、みんながお兄様の無口な部分を好意的に解釈してくれたから、株も上がったわ。先ほどのゴニアの民たちがお兄様に感謝した件も、『超然とした態度を貫かれるとは、フェリクス王にとって人民を救われることは特別なことではないのだ。素晴らしい！』みたいな話になったし」

クリスタの態度を見ていた私は、彼女が腹を立てているのは、フェリクス様の不器用さであることに気が付く。

以前から、フェリクス様は王として忙しく、弟妹と過ごす時間がなかなか取れなかったけれど、二人をとても可愛がっていた。

クリスタは他人の感情を読み取ることに聡いので、フェリクス様の愛情をきちんと感じ取っていて、彼女自身も兄のことが好きなのだろう。

だからこそ、フェリクス様が善政を施しながらもそれを喧伝せずに、皆から誤解される態度を取り続けることを不満に思っているのだ。

今回はたまたま皆から好意的に解釈され、評価されたけれど、運が悪ければ悪《あ》しざまに言われる可能性があったことが不服なのだろう。

クリスタは優しい子ねと思っていると、彼女はすねた様子で口を尖らせた。

「お兄様は運がよかったのよ。いつだって好意的に見られ、その結果、伝説の生き物みたいな、すごい王として皆から讃えられるようになったのだから。おかげで、『真王《しんおう》』とか『神心王《しんじんおう》』とか、とんでもない呼び名が付いているのよ」

「さすがフェリクス様ね」

10年前のフェリクス様は『女神の愛し子』と呼ばれていたけれど、それは女神から恩寵を与えられていることに由来していた。

しかし、10年経った今では、彼自身の行動が評価された呼称で呼ばれているのだ。

やっぱりフェリクス様は立派な方なのだわ、としみじみと納得していると、クリスタが警告するような声を出した。

「お義姉様はそうやってすぐに他人のいいところを受け入れるんだから、用心した方がいいわよ。お兄様は人としては問題が大ありだけど、ものすごく有能なのは間違いないから。そして、その能力の全てを使って、お義姉様を手放すまいとしているのだから」

私が目覚めて以来、フェリクス様が私に対して非常に手厚い対応をしてくれていることは間違いない。

けれど、その理由が分からなかったため、クリスタならば何か知っているのかもしれないと尋ねてみる。

「フェリクス様はどうして、私を引き留めようとするのかしら?」

すると、クリスタから間髪をいれずに答えが返ってくる。

「それは、お兄様が心の底からお義姉様を欲しているからよ！　きっと、全てを失いそうになって初めて、大事なものが見えたのでしょうね。それなのに、その大事なお義姉様は躊躇なくお兄様から離れていこうとしているから、慌てふためいているのだわ」

クリスタは手を伸ばしてくると、両手で私の手を握りしめた。

「私はお義姉様が大好きだからずっとこの国にいてほしいし、総合的に勘案するとお兄様は優良物件だろうけれど、10年前のお兄様がやってはいけない大失敗をやらかしたのは事実だわ。どうしても許せないことはあるから、一緒に暮らしてみて、ご自分がどう感じるのかを試してみたらどうかしら。決定権はあくまでお義姉様にあるから、色々と見極めた結果、やっぱり耐えられないと思えばお兄様から離れればいいのよ」

「クリスタ、フェリクス様はそのように扱われる方では……」

フェリクス様は国の王だ。

彼こそが、全てを選択する立場にあるはずだ。

そう言いかけた言葉を、クリスタから途中で遮られる。

「そのように扱って問題ないわ！　だって、お義姉様は10年間も眠っていたのだから！　これはお兄様の罪よ。だから、二度と立ち直れないくらい、思いっきり振ってもいいと思うわよ。でも、お兄様を受け入れる場合は慎重にね。その時は間違いなく、お兄様は二度とお義姉様を手放さないだろうから。……この場合、お義姉様がノーと答えても悪あがきして、手放す未来が見えないところが恐ろしいのだけど」

クリスタは一度言葉を切ると、両手で自分の体を抱きしめてぶるりと震えた。

それから、まっすぐ私を見つめてくると、生真面目な表情で続ける。

「結局のところ、お兄様はお義姉様の決定に従うと思うわ。そして、幸せを感じるかどうかはお義姉様のお心次第だから、お兄様がどれだけ献身的に尽くしたとしても、お義姉様が嬉しくなければ意味はないのよ」

私がフェリクス様と一緒にいることを嬉しく感じるかどうか……。

「お義姉様は目覚めたばかりで、まだ色々と混乱しているはずだから、もう少し落ち着いたら、どうしたいのかを考えてみてはどうかしら。私はお義姉様の味方だから、望まれることを何だってお手伝いするわ！」

✿ ✿ ✿

クリスタとたくさんの話をした日の夜、いつものように私の私室を訪ねてきたフェリクス様を私はじっと見つめた。

すると、フェリクス様はどぎまぎした様子で尋ねてくる。

「ルピア、私に何か気になるところがあるのかな？　執務室からそのまま来たから、どこかおかしいだろうか」

そう言うと、彼は髪を撫で付けたり、襟元の宝石が曲がっていないかを確かめたりしていた。

その姿は、クリスタから聞いた口数が少なく、人付き合いが悪いという人物像とは重ならず、10年前の彼の延長線上にあると信じられるものだった。

そのため、私はほっと安心して口を開く。

「今日は、クリスタが私を訪ねて来てくれたの」

フェリクス様は驚いたように目を見開いた。

「クリスタが来たのか？　君の部屋には誰も通さないよう指示していたのに、どうやって入り込んだんだ。ああ、何にせよ、あのおしゃべりは君に余計なことを言ったのだろうね」

フェリクス様は気遣わしげに私の顔を覗き込む。

私は何でもないと首を横に振ったけれど、それでも彼が心配そうに見つめてきたので、答えない方が心配になるのかもしれないと思い直して返事をした。

「その……クリスタにはこの10年間で、フェリクス様が変化したように見えるらしいわ」

「ああ！」

フェリクス様は呻くような声を出すと、恥ずかしそうに顔を赤らめた。

「そのことは、私も自覚している。私は君以外の者の目にどう映ろうとも気にならなかったし、君はずっと眠っていたから、この10年間、私は自分に無頓着だった」

そう言うと、彼は襟元を正すかのような仕草を見せた。

「外見に気を遣わないと、どんどん見た目が劣化していくことは承知している。そのため、君の目に私は見苦しく映るのかもしれないな。10年間、外見を整えることをサボっていたのに、君の目に映る私が少しでもよくなるよう、付け焼き刃で必死にカッコつけていると、そういう話をクリスタはしたのだろう？」

「えっ。い、いいえ、そういう話ではなかったわ」

フェリクス様の発言内容とは異なり、私の目に映るフェリクス様は、万人が万人とも見惚れるような外見をしていた。

元々、顔のつくりは整っていたけれど、この10年の間に多くの経験を積んだことで人としての魅力が増したうえ、服の上からでも分かるほど均整の取れた体つきをしていたからだ。

着用している服だって、伝統的なスタイルを取り入れたとても優雅なもので、国王という彼の立場をより引き立てる、素晴らしいものに思われた。

そのため、どうしてフェリクス様が自分の外見にマイナスのイメージを抱いたのかが全く分からなかったけれど……そもそもクリスタがしたのは、彼の外見の話ではなかった。

彼女が私にしたのは、今のフェリクス様は晩餐会を開かない、舞踏会に出ない、宰相が頼み込んだ必要最低限の謁見のさらに半分しか対応しない、という国王としての業務に関する苦情だったのだ。

クリスタからその話を聞いた時は、ただただ驚いたけれど、その後、改めて考えてみると、彼女はフェリクス様の妹という親しい間柄のため、兄の新しい政治スタイルを偽悪的に表現しただけではないかという気になった。

というのも、クリスタは政治的に困っているとの話はしなかったので、スターリング王国は現状のフェリクス様の対応の下で、きちんと機能しているように思われたからだ。

つまり、王国が正しく回っているのであれば、フェリクス様は必要なラインを見極め、そのうえできちんと対応しているということだ。

そして、たとえば謁見相手を絞って対応することは相手に特別感を与えるので、手法として悪くないのだ……ただし、そのような対応は、フェリクス様が明らかに相手よりも上位に立っている、という条件の下でしか行えないのだけれど。

クリスタの話では、フェリクス様はゴニア王国とネリィレド王国を併合し、今や大陸一の大国の王ということだった。

そのため、フェリクス様は自分の意見を通すことができる環境を整えており、その環境を彼の希望に沿って上手く活用しているのだろう。

また、晩餐会や舞踏会についても、通常であれば、フェリクス様の参加を希望する貴族たちが結託して圧力を掛けてくるため、王の意向にかかわらず、王の名前で開催せずにはいられないはずなのだ。

それを避けることができているのは、貴族たちを抑え込むことができていることの表れであり、王の力が強まっているのだろう。

そんなことをつらつらと考えながら、ふと視線をやると、フェリクス様は未だ返事を待っている様子で私を見つめていた。

そのため、慌てて口を開く。

「あっ、その……私は昔から、フェリクス様の外見が好きだったわ。私の髪は白いから、初めて出会った頃の藍色1色の髪も、虹色の3色の髪も、どちらも鮮やかで美しいと思ったの」

正直な感想を漏らすと、フェリクス様はぱっと顔を輝かせた。

「そうか。1色の髪でも、君は受け入れてくれていたのか。……考えてみれば、君はまだ幼い頃に私を選んでくれ、その時の私は1色の髪だったな。ルピアは本当に、私の全てを肯定してくれるのだね」

フェリクス様は照れた様子でそう言うと、話題を変えるかのように、準備が整ったので食事にしようと言い出した。

そのため、私は嬉しくなってにこりと微笑む。

なぜなら昨日から、食事の間だけはベッドから抜け出して、私室内のテーブルに着くことを許可されていたからだ。

フェリクス様の手を借りてベッドを降りると、彼はすかさず暖かいガウンを肩に掛けてくれた。

それから、フェリクス様は手を引いてテーブルまで案内してくれると、着席に合わせて椅子を動かしてくれる。

侍女や侍従の役割を完璧にこなすフェリクス様を見て、部屋の隅に控えていたミレナが呆れた表情を浮かべた。

タイミングを逸してしまい、晩餐会や舞踏会を開催しない話や、スターリング王国が大国になった話を尋ね損ねたけれど、それらの質問を行うのは今日でなくてもいいように思われたため、いったん忘れることにする。

私は大きくもないテーブルに、フェリクス様と隣り合わせに座った。

最近では、それなりに食事量が増えてきたけれど、心配性のフェリクス様は一口でも多く食べさせようと手助けしたがり、私の近くに座ることが習慣になってしまったのだ。

そして、いつものように、もうこれ以上は食べられない、というところからさらに二口食べさせられた私は、フェリクス様に抱きかかえられてベッドに戻された。

よく分からない理屈だけれど、食後は食べた分だけ重くなっているので、歩くと足に負担がかかるとのことで、昨日も同じように抱えて運ばれたのだ。

その間にミレナは食器を引くと、部屋を退出していった。

けれど、ベッドに降ろすなり横たえさせてくれた昨日とは異なり、フェリクス様は自分もベッドの上に腰を下ろすと、彼の膝の上に私を座らせた。

「フェ、フェリクス様、私は食事をしたばかりで重いから……」

彼の言葉を借りると、食後の私は自分で歩けないほど重いらしいので、そんな私を膝に乗せたら大変だろうと思っての言葉だったけれど、フェリクス様は苦笑した。

「君は小鳥のように小食なのだから、羽のように軽いよ」

❁ ❁ ❁

確かに私の食事量はフェリクス様の半分にも満たないけれど、それでも私なりに重くなっているからこそ、食後の歩行が許可してもらえないはずなのに、と彼を見上げる。

すると、フェリクス様はとても優しい目で私を見下ろしていた。

「ルピア、侍医の許可が出たので、明日からは食事の時間以外も少しずつベッドから降りて過ごすのはどうだろう？　何かあったらいけないから、私が一緒にいる時から始めてみようか」

フェリクス様の言葉を聞いた私は、戸惑って瞬きを繰り返す。

なぜなら侍医の許可が出たのは知っていたからだ――――二日も前に。

というのも、二日前、私を診た侍医から直接そう伝えられたのだ。

けれど、同じ日の夕方、再び診察に訪れた侍医は、申し訳なさそうに訂正してきた。

『王妃陛下、申し訳ありませんが、寝台から降りられるのをもうしばらくお待ちいただいてもよろしいでしょうか。……国王陛下の許可が下りないのです』

その話を聞いた時、専門家である侍医と異なった判断を、専門家でもないフェリクス様が下して大丈夫かしらと驚いたのだ。

一方、同じように話を聞いていたバドは驚くでもなく、にやにやとした笑みを浮かべると、私をからかってきた。

『ルピアの表情を見るに、納得いってないようだね。だったら、「専門家でもないのに」と文句を言ってみたらどうだい？　フェリクスは間違いなく、「医術の専門家ではないが、ルピアの専門家だ！」と言い返してくるよ』

バドったら完全に面白がっているわね、と呆れたけれど、その時どういうわけか、ミレナも同意する様子で頷いたのだ。

そんな一件があったため、フェリクス様に尋ねることが躊躇われていたけれど、ふとその会話を思い出して言葉を紡ぐ。

「ええ、侍医からはベッドから降りて過ごしてもいいと、二日前に伝えられていたわ。でも、あなたが王の見地から反対していると伺ったの」

よく考えたら、10年振りに人前に姿を現した王妃が王宮内をふらふらと歩いていたら、『王は王妃を酷使している』といった悪い噂が立つかもしれない。

フェリクス様が慎重になるのは当然のことだわ。

そう納得したのだけれど、フェリクス様は顔をしかめた。

「王の見地ではなく、夫としての見地だよ。侍医は病気の専門家ではあるが、君の専門家ではないからね。私ほどには君の状態を把握できていないし、君はこれほど繊細なのだから、誰よりも大事に扱うのは当然のことだ」

「そ、……そうなのね」

バドのからかいの言葉が当たってしまったわ。

そのことに驚いていると、フェリクス様は躊躇いながら「いいかな？」と尋ねてきた。

主語がなかったので、何のことだか分からなかったけれど、「はい」と頷くと、彼は手を伸ばしてきて私のお腹の上に置いた。

えっ、と思ったけれど、フェリクス様はすごく緊張していたので、できるだけ平静さを装って、彼を刺激しないよう努める。

それから、今の彼にとって一番気になることは子どものことで、だからこそ主語がなくても通じるだろうと考えて主語を抜かしたのかしら、と嬉しくなった。

フェリクス様はゆっくりと私のお腹をさすると、感に堪えないといった様子で、独り言のようにつぶやく。

「……君のお腹はこんなに薄いのに、子どもが入っているなんてすごいことだね」

一国の王にとって跡継ぎは特別なものだけれど、フェリクス様の言葉は王としてではなく、彼個人として純粋に感動していることの表れのように感じられた。

「ルピア、しばらく君のお腹に手を当てていてもいいかな？　私の体温は高いから、お腹を温めると、その中にいる子も気持ちよくなるかもしれない……この子が暑がりでなければ」

最後の一言は冗談めかしていたけれど、フェリクス様が真剣に私のお腹を温めたがっている様子が伝わってきたためこくりと頷く。

すると、フェリクス様はほっとした様子で私のお腹に片手を当て、何度かさすっていた。

それから、しみじみとした声でお礼を口にする。

「ルピア、ありがとう」

彼の口調に深い思いが籠っているように感じられて、温かな気持ちになっていると、フェリクス様は少し躊躇った後、言いにくそうな様子で質問してきた。

「……一つ確認してもいいかな？」

「ええ」

何かしらと思って彼を見つめると、フェリクス様は私のお腹に視線を落としたまま口を開いた。

「漠然とした話に聞こえるかもしれないが……君の幸福についてだ」

「私の幸福？」

突然の話題の転換に戸惑って彼を見つめたけれど、フェリクス様は視線を上げることなく言葉を続けた。

「君が眠っていた10年の間に、私は様々なことを考えた。私の考え過ぎかもしれないし、勝手な思い込みかもしれないが……これまで君は、君自身の望みを抱いたことがほとんどないのではないか、と心配になった」

「えっ？」

思ってもみないことを言われ、驚いて瞬きを繰り返す。

『私自身の望みを抱いたことがない』ですって？

いいえ、いつだって私はやりたいことや叶えたいことに溢れているわ。

それなのに、どうしてフェリクス様はそんな風に考えたのかしら、と困惑して見つめると、彼は理解を求めるかのように片手を上げた。

「初めに言っておくが、君がやりたいことを手助けするために私はいる。だから、今、君に行っている質問は、私に何ができるかを知るためのものだ」

こくりと頷くと、彼はとつとつと説明を始めた。

「この10年間、私は君のこれまでの言動について、一つ一つ思い返してみた。時間だけはあったから、何度も、何度も。だが、どれほど思い返してみても、君が君自身の望みを口にした場面を、私は一度も思い出せないのだ。君が何かをやりたいと望んでくれたことはあったが、……その行動原理の背景には、いつだって私がいた」

「それは……そうかもしれないわね」

フェリクス様の話はその通りだったため、私は素直に肯定する。

それから、どうしてそんな当たり前のことをわざわざ確認するのかしらと不思議に思った。

けれど、彼は私が簡単に肯定したことに、痛みを覚えたかのような表情を浮かべる。

「ねえ、ルピア。そこは簡単に頷かずに、疑問を覚える場面じゃないかな。君の行動原理の背景に、いつだって君以外の人間がかかわっているとしたら、それはあってはならないことだから」

「えっ？」

どういうことかしら、と思って問い返すと、フェリクス様は苦し気な表情を浮かべた。

「ルピア、知っていてほしいのだが、君のおかげで私は幸せになれた。君と同じ時間を過ごせるように、君が私の命をつないでくれたから。そして、今、君が生きていてくれるから。……だから、私は幸せでいられるのだ」

フェリクス様の言葉は、魔女として簡単に理解することができた。

『私自身とお相手の方が生きているから幸せだ』というのは、魔女の基本的な考え方だったからだ。

けれど、フェリクス様は難しい顔をすると、難しいことを言った。

「だから、今度は君の幸せを探したい。私が、聖獣が、君の家族が幸せになるから、それを見た君が幸せになる、という話ではなく、他の者の感情は一切関係がないところで、君自身が幸せを感じるものを探したいのだ」

私はびっくりして、しばらく言葉を発することができなかった。

そんな風に考えたことは、今まで一度もなかったからだ。

だって、私は『身代わりの魔女』だから。

不幸に見舞われるであろうお相手の方の身代わりになり、幸せにすることが私の幸せだと、当然のように考えていたからだ。

そして、実際にフェリクス様が元気で、楽しそうに笑っていると、それだけで私は満たされて、心から幸せを感じていたからだ。

「フェリクス様が幸せならば、私は同じように幸せを感じるから……」

それで十分だわ、という気持ちを込めて彼を見つめると、フェリクス様は大きく首を横に振った。

「ルピア、君の生き方を否定するつもりはないし、そんな風に生きてきてくれたからこそ、私は救われたのだが、……それでも君は、君自身の幸せを探すべきだと思う」

決して押し付けがましい様子ではないものの、それでもきっぱりと言い切ったフェリクス様を見て、私は何と言っていいのか分からなくなり、服の胸元部分をぎゅっと摑んだ。

そんなことを私に提案した人は、フェリクス様が初めてだったからだ。

私の母は同じく『身代わりの魔女』で、父が幸せであれば自分も幸せになるからと、父が幸せであるよう常に心を砕いていた。

私の秘密を知っている者は誰だって、魔女がどういうものかを知っていたから、お相手の幸福を求めることが魔女の幸福につながるものだと、当然のこととして扱ってきた。

なのに、フェリクス様は魔女である私に、私自身の幸せを探すべきだと言う。

どうしてよいか分からず、眉をへにょりと下げると、フェリクス様はさらに言葉を続けた。

「私が幸せでいることに君が幸せを感じる、というのは私にとって最上の答えだが、それではダメなのだ。私への気持ちがなくなっただけで、君が空っぽになってしまうようでは。ルピア、10年前の君は輝くような幸福に溢れていた。何を見ても楽しそうだったし、何をしても笑っていた。そんな状態に、君以外の誰の影響も受けることなく戻ってほしいのだ」

確かにフェリクス様への好意がなくなってしまった今、ただそれだけで、色々なことを楽しいと思う気持ちが薄れたように思うけれど……。

先ほどフェリクス様が口にした『彼自身の幸福』が、たった今彼が否定しているものと同じものに思われたため、そのことについて質問する。

「でも、先ほど、フェリクス様は『あなたと私が生きていれば幸せだ』と言ったわ。それは私が言っていることと同じではないかしら？　私も同じものを求めているだけだわ」

理解してほしくてそう言ったけれど、フェリクス様はもう一度首を横に振った。

「結論は同じでも、過程が違う。私は幼い頃から様々なことを求めてきた。『複数の虹色髪になりたい』とか、『両親に認められたい』とか、『国民のためになることを行いたい』とか、多くのことを。そうして、それらを求め続けた結果、多くの願いを叶えることができた。……多くの満足いく結果を手にした後に、もうこれしかないと選び取った『幸福』だ。私の結論は、他の多くの選択肢を潰していった後に手に入れたものなのだ」

「ええ」

ずっとフェリクス様を見てきた私には、彼の言葉に間違いがないことは分かっていたため、その通りだと肯定する。

「けれど、君は最初から、君の幸福とはそういうものだと、他の選択肢を探しもせずに受け入れている。それではダメなのだ。探してみれば、他の幸福が見つかるかもしれない。それに、初めから準備されていた結論であれば、手にしているものを大事だと思わずに、簡単に手放そうとするだろう」

「手放す？」

フェリクス様の話は抽象的過ぎて分からなかったため聞き返すと、彼は真剣な表情で見つめてきた。

「ルピア、私が多くの間違いを犯したことは理解している。だからこそ、君が愛想をつかしたことも当然のことだと受け入れているが、……君はなぜ私のことを忘れようとしたのだろう？　それは本当に、君自身が希望したことだろうか？」

24・10年間

フェリクス様を忘れようと思ったことが、私の希望かどうかですって？

もちろんそうだわ……と答えるべきところなのに、私は躊躇ってしまった。

『他の人のことを考えずに、私の心の裡《うち》からのみ出た考えなのか』と問われたら、はっきりとそうだと答えられる自信がなかったからだ。

私はフェリクス様の身代わりになった時のことを思い返す。

あの時――――客間の一室で、ギルベルト宰相とビアージョ騎士団総長、『虹の乙女』であるアナイスの三人に囲まれたフェリクス様を目にした時のことを。

長椅子の上に意識なく横たわっていたフェリクス様は、彼のことを想う三人に囲まれていた。

だからこそ、その光景を見た時に、『この場には、彼に必要な人物が全て揃っている』と思ったのだ。

もしかしたら私は、フェリクス様を支えている人々の気持ちを、勝手に読み取ったのかもしれない。

彼の一の文官と一の武官。

二人が純粋な敬愛の心で、私利なくフェリクス様のために行動していることは分かっていた。

そのため、二人が最上だと思う「虹の乙女」のために妃の席を譲るべきだと、二人の気持ちを読み取ったのかもしれない。

あるいは、私は最後の瞬間に諦めたのかもしれない。

私が何をしたとしても、フェリクス様は私が想う気持ちと同じものを返してくれないことを理解して――この恋を諦めたのかもしれない。

でも、それでも、フェリクス様には傷一つ、苦しみ一つ与えたくないと思った気持ちは、心からのものだった。

だからこそ、彼の身代わりになって……彼が思い悩むことからも解放してあげたいと考えて、私から解放することを決めたのだ。

なぜなら魔女の恋心さえなければ、全ては上手くいくと気付いたからだ。

私が側にいたならば、フェリクス様は私を尊重して、立場を整えてくれるけれど、私がいなくなったとしても、彼の世界は正しく回っていくのだと――それこそ、ギルベルト宰相とビアージョ騎士団総長に支えられ、『虹の乙女』の手を取りながら、まっすぐ前に進んでいくのだと気付いたからだ。

彼が私に抱く想いは替えが利くものだから、『彼にとってよりよい者』を選ぶことが、彼のためになると理解したのだ。

だからこそ、私が正しい道を邪魔しないようにと、彼への恋心を捨て去ったのだけれど……そして、そのことは私の心からの望みだったのだけれど、他の人の影響を全く受けていないとは自信を持って言い切れなかった。

そのため、口を開けないでいると、フェリクス様は落ち着いた様子で私の背中を撫でた。

「ルピア、君は今、どのようなことを考えた？　まとまっていなくても、私が理解することが難しいと思ったとしても、言葉にして教えてもらえないだろうか。10年前の私は、君の気持ちを尋ねることをしなかった。君が控えめで、自ら希望や思いを口にするタイプではないと分かっていたのに。……私はもう間違いたくない。そして、君のことを正しく理解したい。どうか君の気持ちを言葉にして、私に教えてほしい」

フェリクス様の言葉を聞いて、確かに私は多くのことを彼に伝えていなかったことに思い至る。

伝えなかったことの多くは、彼にとって取るに足らないことだと思われるものだったからだけれど、……それでも私は、彼に話をするべきだったかもしれない。

私のことを理解してもらうために。

そう考えて、私は身代わりになった時にどう考えたのかを、きちんと言葉にして説明する。

三人に囲まれたフェリクス様を見て、私がどう思ったのかを。

私がどのように考え、だからこそ、私は長い眠りについて、彼への恋心を忘れようとしたのだと。

私の話は自分でも上手だとは思えなくて、私がどう考えたかの説明に至っては、内容があっちに行ったりこっちに行ったりして、理解するのが難しいように思われたけれど、彼は根気強く最後まで聞いてくれた。

やっと全てを語り終えた時、とても長い時間が経っていたけれど、背中を撫でてくれていたフェリクス様の手が止まっていることに気が付く。

私のお腹に置かれたもう一方の手も、心なしか強張っているような感じがした。

そのため、顔を上げて彼の顔を見上げたところ……私は驚いて目を見張った。

なぜならフェリクス様の美しい藍青色《らんせい》の目から、ぼたぼたと大粒の涙が零れていたからだ。

「フェ、フェリクス様？」

何が起こったのか分からずに慌てて彼の名前を呼ぶと、私は両手で彼の頬を包んだ。

悲しまないでほしい、と強く思ったからだ。

「ごめんなさい、私が何か余計なことを言ってしまったのね。ああ、どうか泣かないで……」

おろおろと言葉を紡ぐ私を、フェリクス様は泣きながら見つめると、震える声を出した。

「ルピア、君はとても立派でしっかりした考えを持っているのだね。それから、優しくて思いやりに満ちている。すまない、……本当にすまない。これほどきれいな君を、どうして私は欠片ほども理解していなかったのだろう」

　フェリクス様は彼の両頬に当てていた私の両手の上に自分の手を重ねると、まっすぐ私を見つめてきた。

「君の考えはしっかりしていて、とても理路整然としている。君が私の考えを誤解したとしても、正しい情報を与えなかった私が悪いのだから、甘んじて君の言葉を受け止めなければならない。それは理解しているが……一つだけ否定してもいいかな」

　彼は一旦言葉を切ると、かすれた声を出した。

「『私が君に抱く想いは替えが利く』という考えは誤りだ。決して替えは利かない。君がいなければ、私の世界は始まりもしないのだ」

　頬に涙を流しながらも言葉を紡ぐフェリクス様を見て、私は開きかけた口を閉じた。

　彼に対して、何と答えていいか分からなかったからだ。

　戸惑う私に対して、フェリクス様は言葉を続ける。

「君がそう考えたのは私の落ち度だ。この10年で痛感したが、考えていることが全て正しく伝わるはずはないのだ。にもかかわらず、説明を怠った私の失態だ」

　それは違う。私だって多くのことを説明していなかったのだから、フェリクス様だけが責められる話ではないはずだ。

そう思いながら首を横に振ると、フェリクス様は手のひらでぐいっと涙を拭った。

それから、後悔した様子で私を見つめてくる。

「ルピア、君と私の間には10年の隔たりがある。君は10年前に私の身代わりとなって眠った時から時間が止まっている。一方、私はこの10年の間に多くのことを考え、調べ、行動してきた。その結果、私の中にとても大きくて重い感情が積み重なってしまった。そのこともあって感情が先走り、私はわだかまりを解くために拙速に事を運ぼうとした」

フェリクス様の言葉はその通りだったので、私は首を横に振るのをやめて彼を見上げた。

確かに、私が眠っていた10年の間、私の時間は止まっていたし、フェリクス様の時間は動いていたのだ。

そして、この10年の間に、彼が何を考え、どう行動してきたのかを私はほとんど知らない。

「君がこれほど深い思いを抱えて眠っていたのに、私は10年間の出来事と想いを言葉で説明するだけで、私のことを理解してもらおうとしていた。私の方こそが、君を理解することから始めなければいけなかったのに」

「えっ？」

私を理解することから始める……ということは、先ほどの説明では不十分で、上手く伝わっていなかったのだろうか。

「ごめんなさい、私の説明が上手くなかったのね。どの辺りが理解できなかったのかを言ってもらえれば、詳しく話をするわ」

申し訳ない気持ちでそう提案すると、フェリクス様はぎゅっと私の手を握ってきた。

「私の言い方が悪かったね。そうではなく、君と一緒に生活をすることで、君のことを知る機会を私に与えてほしいということだ」

「それは……」

どう答えたものかと戸惑っていると、フェリクス様はまっすぐ私を見つめてきた。

「それから、私に……いや、私たちに謝罪と贖罪の機会を与えてほしい。10年前、私だけではなく、この国の多くの者が君への対応を間違えた。ギルベルトとビアージョがその最たる例だが、二人は君に会いたいと希望している。君さえよければ一度会って、罵ってやってくれないか。その際には私も同席して、彼らを悪しざまに言う手伝いをするから」

「えっ？」

フェリクス様を支える双璧とでも言うべき二人をさらりと非難した彼を見て、一体どうしたのかしらとびっくりする。

彼はこの二人に全幅の信頼を置いていたのではなかったかしら。

けれど、目を丸くする私に対して、フェリクス様はさらに自分の発言を補強してきた。

「あるいは、私も含めたところで、三人まとめて罵ってもらっても構わない。きっと、ミレナが手伝ってくれるだろう」

確かにミレナは兄であるギルベルト宰相に対して、容赦なく悪口を言うに違いない。

けれど、ギルベルト宰相とビアージョ総長は自分たちが正しいと思う信念に基づいて行動しただけで、咎《とが》められることは何もないはずだ。

そう考えていると、フェリクス様は私の手を握っていた手を離し、まるで降伏を示すかのように両手を上げた。

「ルピア、君は先日、しばらくの間は10年前の出来事についての説明を一切聞きたくないと言ったね。君の希望は何よりも優先させたいが、一つだけ説明させてくれ」

そう言うと、フェリクス様は私の返事を待つことなく、真剣な表情で口を開いた。

「10年前、アナイスが君に妃選定会議の話をしたが、あれは虚偽だ。この国で最後に選定会議が開かれたのは、君を選定した13年半前で、それ以降は一度も開かれていない」

「えっ？」

思ってもみないことを言われ、びっくりして目を丸くする。

私はまるで昨日のことのように、アナイスから側妃になると告げられた場面を思い出すことができるのに、それが嘘だったというのだろうか。

「そのアナイスだが、彼女はこの10年間、一度も王都に足を踏み入れていない。『虹の乙女』として各地を回り、その恩恵を皆に与えている最中だ」

「…………」

つまり、アナイスはフェリクス様の側妃として、この10年間、彼の側にいたわけではないということだろうか。

できるだけ考えないようにはしていたものの、そうかもしれないと想像していたことを一気に否定され、何を信じていいのか分からなくなる。

私は頼りない表情で自分の両手を見下ろした。

すると、フェリクス様は悔いるかのような表情を浮かべ、苦し気に言葉を続ける。

「すまなかった、ルピア。君の希望に反して、過去を説明したことを謝罪する。そんな私が今さら何をと思うだろうが、君が私の話を聞きたくないと言ったのはもっともだ。私は一方的に私側の話をしようとしたのだから、君からしたら私の気持ちを押し付けられるようなものだからね。だから、これは要望だが、これからゆっくりと時間を掛けて、私とこの国を確認してくれないか？　私はこの10年間で、私自身とこの国を変えてきたつもりだ。それを君に感じてほしい」

そう言うと、フェリクス様は自分の中で渦巻く感情を抑えるかのようにぎゅっと両手を握り締めた。

「一切、何かを押し付けるつもりはないし、君は自由に感じてくれて構わないから」

それから、フェリクス様は一度強く目を瞑ると、再び開き、雰囲気を変えるかのように明るい声を出した。

「ところで、君は人気者だから、多くの者たちが君に会いたいと待ち続けているよ。侍女たちに、厨房の料理人たち、騎士たちに文官たちだ。それから貴族たちも。体調が戻ったら、彼らに顔を見せてやるといいかもしれない。先ほど言ったように、ギルベルトとビアージョも待っているから、彼らを罵ることも忘れずに」

❁ ❁ ❁

翌日から、フェリクス様は少しずつ私を部屋の外に連れ出してくれるようになった。

初めての外出は、私室の窓から見下ろせる中庭だ。

季節は冬で雪が積もっていたため、これでもかと暖かい格好をさせられる。

私ははしゃいだ気分で2階にある私室を出ると、フェリクス様の腕に掴まりながら階段を下り、扉から外に出た。

すると、驚いたことに、中庭に出たところで大勢の騎士たちに出くわした。

私室の窓から庭を見下ろしていた時は気付かなかったけれど、どうやら多くの騎士たちが中庭を警備してくれていたようだ。

10年前も頻繁にこの庭を散歩していたけれど、その時はこの半分もいなかったはずなのにと思いながら、茶目っ気を出してフェリクス様に尋ねてみる。

「ねえ、フェリクス様、10年前はこれほど多くの騎士たちはいなかったわ。もしかして私が眠っている間に、私の私室にとっても価値があるものを運び込んだの？　そのため、私の部屋の周りは厳重に守られているのかしら」

全くの冗談だったのに、フェリクス様は真顔で頷いた。

「その通りだ。君が眠っている間に、君を私室に運び入れたからね。10年前の私は君の価値を正しく把握できていなかったが、今は正しく理解したため、配置する騎士の数を改めたのだ」

「…………」

どうしよう。これはフェリクス様の冗談なのかしら。

私は「フェリクス様ったら、冗談ばっかり」と言って、笑ってみせればいいのだろうか。

けれど、なぜだかその対応は正解でない気がしたため、話題を変えようと花壇に植えられている花に視線を移す。

そこには、見渡す限り白色と紫色の花が植えてあった。

「まあ、冬だというのに、こんなにたくさんの白い花が咲いているのね。それから、紫の花も。とっても綺麗だわ」

「ああ、世の中で最も美しいと思われる2色だ。この10年間、私は多くの時間を君の部屋で過ごしていたから、時々、窓からこの庭を見下ろしていたのだ。どうせならば、美しいと思う花を目にするに越したことはないだろう？」

「…………」

話をする順番を間違えたわ。

こんな話をされた後では、『白と紫は私の髪と瞳の色なの』と言いづらいもの。

そう思って口を噤《つぐ》んでいると、フェリクス様は心の中を読んだかのように、私の色について言及してきた。

「君の色と同じだね。だからこそ、私にとって白と紫は神聖で、美しい色に感じられるのだな」

「…………」

どうしよう。これもフェリクス様の冗談なのかしら。

さすがに私の髪の色と瞳の色と同じというだけで、全ての花を『神聖で美しい』と感じるわけはないわよね。

ここはあえて彼の冗談を受け入れた振りをして、「ありがとうございます」とお礼を言っておけばいいのだろうか。

けれど、その対応も正解でない気がする。

困った私がどうしたものかしら、と周りを見回したところで、冷たい風が吹いてきて、くしゅんと小さなくしゃみが出た。

その途端に、フェリクス様は大変なことが起こったとばかりに顔色を変え、素早く私を抱き上げる。

「えっ？」

「すまない、君は病み上がりだというのに、冷たい風に当ててしまった」

「ええ、ただの風よ。それくらいで吹き飛ばされる私ではないわ」

笑ってほしくて冗談を言ったのだけれど、フェリクス様は少しも笑ってくれなかった。

それどころか、痛まし気な表情を浮かべると、足早に王宮の中に入っていく。

「そうだろうか？　抱き上げた君は驚くほど軽いから、ドレスと腹の子の体重を差し引いたら、ほとんど残らないのじゃないかな」

ドレスはまだしも、お腹の子はまだ小さくて、体重を感じられるほどには育っていないと思うのだけど。

「私は背が低いから、他の方と比べて軽く感じるだけじゃないかしら」

冷静にそう指摘すると、フェリクス様は廊下の真ん中ではたと立ち止まった。

「……そう言われれば、女性を抱き上げたのは君が初めてだな。その他の経験といえば、訓練で騎士を肩に担ぎ上げたことがあるくらいか」

「まあ、私は体格のいい騎士と体重を比べられたのかしら」

そうだとしたら、軽いと驚かれるのも納得だわ。

そう考えていると、フェリクス様は少し考えた後、「誰とも比べる必要はないよ」と言って、再び歩き出した。

「君が軽いことは間違いないからね。この国に来た時と比べると、君は驚くほど痩せてしまった。

知っているかい、ルピア？　結婚後、痩せた妻を持つ夫は、『それほど苦労をさせているのか』とか、『満足に食べさせられないほど甲斐性がないのか』と、周りから責められるらしい」

◎◎◎

その日の夜、私は普段よりもたくさんの夕食を食べることができた。

目覚めて以降、初めて外に出てお腹が空いたことも理由の一つだけれど、主な理由はフェリクス様の話を聞いたことだろう。

国王というのは、何が原因で足をすくわれるか分からない立場にある。

そんな彼が文句を言われる原因に私がなってはいけないと思ったため、一口でも多く食べようとしたのだ。

もちろん、私の気持ちは一言だって口に出していないのだけれど、どういうわけかフェリクス様には考えを読み取られたようで、食事が終わった後に申し訳なさそうな表情で謝られる。

「ルピア、私のために無理をして食べてくれて申し訳なかった。私は冗談を言ったつもりだったが、恐ろしく下手だったため、冗談だと解されなかったようだ。……何というのか、もう少し会話術を学ぶことにする」

「えっ、それは……食べ終わる前に言ってほしかったわ」

何てことかしら、フェリクス様の冗談を勘違いしたのね、と思って苦しくなった胃の辺りをさすっていると、もう一度謝罪された。

「すまない。申し訳ないとは思いながらも、君が普段より多く食べてくれるのが嬉しくて……聖獣様が恐ろしいことを言っていたんだ。君にたくさん食べさせ、眠らせ、様々な感情を抱かせて、人としての生活を取り戻させないと、君が人から遠いものになってしまうと」

「まあ」

バドったら魔女の秘密をぺらぺら話すなんて、やっぱりフェリクス様を気に入っているのじゃないかしら。

そう思って部屋の中を見回したけれど、こういう時だけは要領よくどこかへ行っている。

フェリクス様に視線を戻すと、私の返事を待っている様子で首を傾げられた。

「ええと、そうね。確かに目覚めた直後の生活は大事で、人としての生活に馴染まないと、全てにおいて感じ方が希薄になってしまうかもしれないわね」

軽い調子で答えたけれど、フェリクス様は誤魔化されてくれず、さらに詳しく聞いてくる。

「それは、具体的にどういうことかな」

「……たとえば、食事に関して言うと、空腹を感じなくなって、食事をしたいとも思わなくなって、食べても美味しいとも、美味しくないとも思わなくなるわね」

内容的に一番問題がなさそうな食事の例を出してみたのだけれど、フェリクス様はとんでもない話を聞いたとばかりにびくりと体を跳ねさせた。

それから、私にもうあと一口食べさせようとでもするかのように、テーブルの上に視線を走らせる。

そのため、私は慌ててお断りを入れた。

「フェリクス様、私は十分食べたから、もう何も入らないわ」

「……そうか」

失敗したわ。フェリクス様の表情から判断するに、今後はさらに多くの物を私に食べさせようとしてくる気がする。

何か彼の気を逸らす物はないかしら。

そう思ったものの、上手い話題が思い付かなかったため、ふと浮かんだことを独り言のようにつぶやいた。

「明日はどこに行ってみようかしら？」

すると、フェリクス様が行き先を提案してくれる。

「少し離れた庭はどうかな？　あるいは、日当たりのいい朝食室に。どちらにしても、明日の君の体調次第だが。ところで、湯浴みの用意ができたようだから、まずは体を温めておいで。終わった頃にまた来るよ」

フェリクス様は部屋の隅に控えたミレナに頷くと、部屋を出て行った。

お風呂上がりに再び現れたフェリクス様は、懐かしい見覚えがある表紙の本を手に持っていた。

「フェリクス様、それは？」

不思議に思って尋ねてみると、フェリクス様は持っていた本に視線を落とす。

「寝物語に本を読むのはどうかと思ってね。だが、小さな文字を読み続けるのは疲れるだろうから、よければ私が代わりに読んであげよう」

「まあ」

フェリクス様はそう言ったけれど、彼が手に持っているのは私にとって懐かしい本で――――つまり、私の母国のものだった。

だから、ディアブロ王国の言葉で書かれているはずだけど、と思いながらちらりとフェリクス様を見上げると、彼は小さく微笑んだ。

「ダメだよ、本を読むのは君が寝台に入ってからだ」

まあ、本を読んでもらうのを待ちきれないのだと思われたわよ。

けれど、本の内容を知りたい気持ちが湧き上がってきたのは事実だったため、私は素直に頷くとスツールに座る。

そして、ミレナが丁寧に髪を乾かしてくれる間、大人しく待っていた。

途中でこっそりとフェリクス様を見ると、仕事の書類に目を通している。

そのため、忙しいのかしらと思ったけれど、私が立ち上がるとすぐに書類を伏せ、近寄ってきて手を貸してくれた。

「フェリクス様、スツールから寝台まで移動するくらい一人でできるわ」

仕事を中断させたことが申し訳なく、大丈夫だとお断りを入れたけれど、困ったように微笑まれる。

「ごめんね、私が君に手を貸したかったんだ」

そんな風に言われたら、何も言うことができない。

私が無言のまま、顔を赤くしてベッドに横になると、フェリクス様は私の枕元近くに置いてあった椅子に座り、本を読み始めてくれた。

彼の口からディアブロ王国の言葉が紡がれる。

それは非常に滑らかで、母国語を話しているのかと思うほどの流暢さだった。

しばらく聞いていたけれど、一音も不自然な発音がないのだ。

嬉しくなってその懐かしい響きに聞き入っていると、フェリクス様が本を読むのをやめて手を伸ばしてきた。

どうしたのかしらと思っていると、指で目の下を拭われる。

見ると、彼の指先にしずくが付いていた。

びっくりして自分の頬を触ってみたけれど、そこにはもう涙は残っていなかった。

なぜ涙を流したのかしらと不思議に思い、目を瞬かせていると、フェリクス様が普段よりも低い声で話しかけてきた――――ディアブロ王国の言葉で。

〈ルピア、ディアブロ王国の言葉はとても優しい響きを持っているね。君が元気になったら、一緒に君の母国を訪問しよう〉

目を見張って彼を見上げると、フェリクス様こそが泣き出す寸前のような表情をしている。

〈それから、この部屋で二人きりの時は、ディアブロ王国の言葉で話をすることにしようか。君が少しでも心地よさを感じるように。ルピア、君が私を選んでくれた時、私は君に多くの物を手放させてしまった。その全てを取り戻すことはできないが、少しずつでも君に返していきたい〉

彼の言葉を聞いた私は眉を下げると、恐る恐る手を伸ばした。

そして、力なく本の上に載せられていた彼の手の上に自分の手を重ねる。

「フェリクス様、私は何も手放していないわ。離れた場所に置いてきただけで、全部そのまま残っているもの。そして、今日はあなたの口からディアブロ王国の言葉を聞けたから、一つ宝物が増えた気分よ。ね、そうやって考えると、私の持ち物はどんどん増えているわ」

〈ルピア……〉

フェリクス様が顔を歪めて見つめてきたので、私は努めて明るい表情を作った。

なぜならこれ以上、フェリクス様に悲しい表情をしてほしくなかったからだ。

「私が涙を零したのは、失ったものを懐かしんだからではなく、新たに与えられたものが嬉しかったからだわ」

そう口にすると、彼は私の気持ちを読み取ってくれたようで、無理矢理笑みを浮かべ、必要以上に大きく頷いた。

〈そうだね〉

それから、彼は再び閉じていた本を開くと、続きを読んでくれた。

再開して初めの数ページは、動揺を抑え切れなかったようで、何度か単語を読み間違えていたけれど、しばらくすると元の滑らかな調子に戻っていた。

ディアブロ王国の言葉を話すフェリクス様の声は、普段のものより低くてゆっくりしている。

その響きが心地よくて、私はいつの間にか眠りに落ちていったのだった。


翌日から、私は少しずつ行動範囲を広げていった。

フェリクス様の提案通り、少し離れた庭や日当たりのいい朝食室を訪れたのだけれど、心配性な彼はいつだって側に付いていてくれる。

そのため、フェリクス様の仕事は大丈夫かしら、と心配になった。

『私にはミレナと護衛騎士がいるから大丈夫よ』と、折を見て何度か口にしたけれど、彼は曖昧な微笑みを浮かべるだけで、返事をしてくれない。

「困った王様だわ」

思わずそう零すと、フェリクス様は「できるだけ君を困らせないようにしようとは思っているのだけどね」と口にする。

けれど、今回に限っては口先だけのように思われた。

できるだけ怖い顔をして睨んでみると、「そんな風に上目遣いでじっと男性を見つめるのは、私だけにしてほしいな。勘違いする者が出てくるから」と困ったように言われる。

そのセリフからも、フェリクス様の表情からも、私を怖がっているようにはちっとも見えなかった。

どうやら私は迫力が足りてないみたいね、とがっかりしていると、フェリクス様は自ら椅子を引き、私を朝食室の椅子に座らせてくれた。

見上げると、彼の顔には穏やかな笑みが浮かんでいる。

これ以上言い合いをしたくないと思った私は、『私が勝手に心配をしているだけで、フェリクス様の仕事は上手く回っているのかもしれないわ』と自分に言い聞かせると、彼とともにできるだけたくさんの朝食を取ったのだった。

それから数日後、いつものように散歩先を尋ねられた私が、「フェリクス様の執務室にお邪魔したいわ」と口にすると、彼は一瞬動きを停止した。

その姿を見て、私には大丈夫だと言っていたけれど、やっぱり彼の仕事の進捗に問題が生じているのではないかしらと心配になる。

じとりと見つめていると、フェリクス様は普段通りの笑みを浮かべた。

「ルピア、執務室を訪れるのは明日以降でも構わないかな？」

その表情に不自然な点はなかったけれど、長年彼を見続けていた私には、彼が何かを隠そうとしていることが分かってしまう。

きっと、訪問日が明日以降になった場合、フェリクス様は見られたくないものを隠してしまうつもりね、とぴんときた。

私は首を横に振ると、彼の申し出に反対する。

「いいえ、ご迷惑でなければ、今から行きたいわ」

フェリクス様は数瞬、心の中で葛藤していたようだけれど、諦めた様子で小さくため息をつくと、承諾の印に頷いた。

「もちろん君が来てくれるのならば、いつだって歓迎するよ。では、これから執務室を訪れることにしようか」

フェリクス様が同意してくれたので、私はミレナと護衛騎士に付き添われながら、長い廊下を彼と並んで歩く。

しばらくの後、見慣れた扉が目に入ったので、懐かしさを感じながらフェリクス様の執務室に入ると、そこは10年前と何も変わっていないように見えた。

安心した気持ちで部屋の中を見回していたけれど、あるものを目にした途端、ぎょっとする。

「えっ!?」

なぜならその部屋には、黙々と仕事をしている数名の文官たちがいたけれど、その中に一人、顔全体を隠すように鉄仮面を被っている者が交じっていたからだ。

えっ、あの方は何をしているのかしら?

非日常的な光景にびっくりして目を丸くしていると、私に気付いたらしい鉄仮面の文官が驚いた声を出した。

「ル、ルピア王妃陛下!?」

「ええっ」

彼の声を聞いた私はもっとびっくりして、思わず一歩前に出る。

それから、鉄仮面の文官をまじまじと見つめた。

信じられないことだけれど、私の記憶に間違いがなければ、――――鉄仮面の文官が発した声は、ギルベルト宰相のものだった。

「ギルベルト宰相？」

まさかそんなはずはないわよね、と思いながらフェリクス様を見上げると、何とも微妙な表情で見返された。

そのため、あの鉄仮面の文官は実際にギルベルト宰相かもしれないと思う。

私は目を見開くと、今度はミレナを振り返ったけれど、彼女は半眼になっていた。

「ルピア様、愚兄がお目汚しをして申し訳ありません」

まあ、ミレナが兄と認めたわよ。

ということは、本物の宰相なのかしら。

一体どういうことなの、と驚いて見ていると、ギルベルト宰相と思われる鉄仮面の文官は、書類を握り締めながら部屋の隅に移動した。

それから、これでもかと体を縮こまらせて頭を下げる。

これまでの宰相ならば、私の側に寄ってきて、何なりと声を掛けてくれたのだけれど、と首を傾げていると、フェリクス様が疲れた声を出した。

「ギルベルトは10年前からあの格好だ。おかげで、『鉄仮面宰相』と言えば我が国の宰相だと、誰もが思うくらいには有名になった。それがいいことなのかは分からないが。しばらくすれば気が変

わるだろうと、初めに放っておいた私も悪かったが、彼が真正の阿呆だということを失念していたのだ」

「ええと、ギルベルト宰相はもしかして顔を怪我したのかしら？　そのために、顔を隠しているの？」

本人を目の前にして質問することはマナー違反だと分かっていたけれど、どうしても尋ねずにはいられない。

けれど、フェリクス様は「さて」と首を傾げた。

「そんな話は聞いていないが、この10年の間、彼の顔を見ていないから、鼻が欠けていても、歯が全部抜けていても不思議はないな。色々と言いたいことはあるが、仕事だけは問題なくこなしていたし、彼に求めるところはそこだから、後は興味がないこともあって放置していたというのが実態だな」

「そうなのね」

私は鉄仮面を装備したことがないから分からないけれど、重いし暑いだろうから、長時間被っているものではないはずだ。

にもかかわらず、10年もの間身に着けているとしたら、宰相にとって譲れない理由があるのだろう。

そうだとしたら、好きにさせてやるべきね、と思いながら宰相に向かって小さく頭を下げると、彼は目に見えてびくりと体を跳ねさせた。

それから、全身を震わせる。

「フェリクス様……」

もしかして宰相は体調不良ではないかしら、と思って彼を見上げると、「気にすることはない」と言われ、あっさり話題を変えられた。

その態度を見て、私は初めて目にしたために驚いたけれど、皆にとっては日常の光景で、だからこそ、特段珍しくもないことなのだと気付く。

そして、宰相が部屋の隅に行ったことから、彼は皆に注目してほしくないのかもしれないと思い至った。

そうであればと、私は意識的にギルベルト宰相から視線を外すと、元々の目的通り、フェリクス様とともに執務室の中を見て回る。

文官たちは礼儀正しく頭を下げてきたけれど、誰もが驚いたように目を見張ると、私の顔をちらちらと見てきた。

その視線は以前、庭を散歩した時に騎士たちから向けられたものと同じものだったため、その理由に思い至った私は、困ったわねと眉を下げる。

私が魔女であることは限られた者たちの間における秘密のため、多くの者が私のことを29歳だと思って接してくるけれど、実際の私は17歳でしかないのだ。

王が側を離れずに献身的に王妃の面倒を見ていることから、10年振りに姿を現した王妃は、さぞ妖艶で魅惑的な女性に違いないと期待していただろうに……痩せっぽちの10代の少女が現れたのだから、誰もが驚いてがっかりしているのだろう。

とは言っても、フェリクス様が彼の執務室に配置するほどの文官たちなので、驚いた後にがっかりした表情を浮かべる者は一人もおらず、全員が称賛するかのような表情を浮かべているのだけれど、そこまで気を遣わせることを申し訳なく思う。

フェリクス様の仕事の進捗がどうなっているのかを確認したら、すぐにお暇しようと考え、私はさり気なく部屋の中を見回した。

すると、ひときわ立派な彼の執務机が目に入ったのだけれど、私の予想に反して、机の上にはわずかな書類が積んであるだけだった。

そのため、これほど私と一緒に多くの時間を過ごしているにもかかわらず、フェリクス様の仕事は本当に上手く回っているのねと、私は目を丸くしたのだった。


その後、フェリクス様を執務室に残して私室に戻った私は、ソファに座るとほうと息を吐いた。

すかさず、聖獣姿のバドが面白がるような顔をして近寄ってきたため、私はじろりと横目で睨み付ける。

「バド、あなたはフェリクス様に魔女の秘密を話したわね。『目覚めた後に人らしい行動を取らないと、人から外れたものになってしまう』とバラしたでしょう。おかげで、毎日、ものすごく食べさせられるようになって大変なのよ。それなのに、あなたに苦情を言おうとした時は、どこかに消えているんだから。そして、面白そうなことが起こった途端に寄ってくるんだから」

私は全力で苦情を言っているというのに、バドはちっとも反省した様子を見せず、ふさふさの尻尾をふわりと振った。

「それは当然の話だよね。怒られると分かっていたら逃げ出すに決まっているし、面白そうなことが起こったのなら、話を聞きたくなるものだろう？」

どうやら私の立派な聖獣様は、世俗的な欲望を優先するタイプのようだ。

いいわ、好きなだけ面白がってちょうだい、とむくれていると、バドは満足した様子で私の隣に横になった。

「いい傾向だね、ルピア。目覚めた時の君は、感情を半分くらいどこかに落としてきたのではないかと心配するほどだったが、今はだいぶ戻っているよ。フェリクスと彼の愉快な仲間たちは、意外なことに感情の起伏が激しかったからね。連中に付き合うことで、君の情緒も再び育ってきたんじゃないかな」

❁　❁　❁

その日の午後、クリスタが私室に遊びに来てくれた。

そのため、ソファに座って紅茶を飲みながら、さり気なくギルベルト宰相についての話題を振る。

「クリスタ、今日はフェリクス様の執務室にお邪魔したの。その際にギルベルト宰相に会ったのだけど、彼は変わっていたわ」

クリスタは「ああ」と言いながら顔をしかめると、同意の印に頷いた。

「そうね、この場合は『変人になった』という意味でしょうけど、その通りだわ。そして、あの格好が許されたのは、タイミングが良かったのだと思うわよ。お義姉様が倒れて2か月くらい経った頃に鉄仮面を被り始めたものだから、唯一注意できるお兄様はお義姉様にかかりきりで、しばらく宰相の奇行に気付かなかったのだから」

「まあ」

フェリクス様もギルベルト宰相は10年前から鉄仮面を被り始めたと言っていたことだし、本当に私が眠り始めた時期と間を置かずして身に着けたのね。

「そして、お兄様が気付いた時には、既に1か月近くあの格好をしていた後で、周りは当然の光景として受け入れていたから、お兄様にはわざわざ宰相を咎め立てする元気がなかったのよ。というか、そもそもお兄様は宰相が仕事さえしていれば、どのような格好をしていても興味がないのでしょうね」

私にくっつくようにしてソファの上に体を横たえていた聖獣姿のバドが、面白がるように尻尾を振る。

「非常に納得できる話だな。ルピアが眠っていた間のフェリクスは、半ダースくらいの服を毎日着回していたことだし、彼自身が外見に興味がないんじゃないの」

「えっ」

一国の王様がそのような具合でいいものかしら。

どうしよう。話を聞けば聞くほど、常識から外れた行動ばかりが飛び出てきて、一体どのことを尋ねればいいのか分からなくなってくるわ。

そう惑ったものの、一番常識から外れているのはやはり鉄仮面だろう。

「ギルベルト宰相はどうして鉄仮面を被り始めたのかしら?」

クリスタは紅茶のカップに手を伸ばしながら、興味がない様子で肩を竦めた。

「ああいう装備って、男子の夢なんじゃないの? 宰相は肉体的にへなちょこりんだから、強そうな仮面を身に着けることで、自分が強くなった気になって喜んでいるんじゃないかしら」

「まさか、一国の宰相がそんな理由で鉄仮面を被りっぱなしというのは、あり得ないことだと思うわよ」

さすがにそれはないのじゃないかしらと思って疑問を呈すると、横からバドがのんびりした声を出す。

「うーん、だったら、顔を洗ったり、髭をそったりするのが面倒になったんじゃないかな。ルピアが倒れて2か月後と言ったら、フェリクスが全く仕事をせずに、ギルベルトが全てに対応していた時期だからね。身だしなみに気を遣う時間がなかったから、汚い顔を隠すことにしたんだよ」

バドの推測もクリスタのものと同じくらい酷いものだったため、そんなはずはないと反論する。

「鉄仮面を被り始めてから、10年もの月日が経っているのよ。もしも10年前に宰相が忙し過ぎたとしても、今は顔を洗う時間くらい取れるんじゃないかしら」

バドは目を瞑ると、ソファの上でだらしなく四肢を伸ばした。

「誰もが勤勉ってわけではないからね。ギルベルトは味を占めたんじゃないかな。顔を洗わない快適さを知ってしまったから、そのままずるずる続けているんだよ」

……よく分かったわ。この二人が、これっぽっちも真剣に取り合っていないことは。

そのことを悟った私は、最後に頼りになるのは肉親だわ、とギルベルト宰相の妹であるミレナを振り返る。

「ミレナ、ギルベルト宰相はどうして鉄仮面を被り出したのかしら？」

「もちろんルピア様に対してしでかしたことの不敬さを自覚し、己を恥じて顔を隠しているのですわ！」

「…………」

ダメだわ、ミレナは実の兄に辛辣だったのだわ。

そして、何だって私を中心に考えるのだったわ。

クリスタ、バド、ミレナと、有能な相談相手のはずの三人がとんでもない推測を披露してきたため、どうしたものかしらと頭を抱える。

「デリケートな話題だから、本人には聞けないわよね。一体誰に質問すればいいのかしら？」

私の独り言を拾ったクリスタが、何でもないことのように提案してきた。

「あ、ギルベルトなら鋼の心臓を持っているから、何を尋ねても大丈夫よ。そして、確かに本人に聞くのが一番確実だわ」

バドも同意する。

「そもそもギルベルトはルピアに会いたがっているとの話だったじゃないか。気が向いたら、呼びつければいいよ。間違いなく、全ての仕事を放り出して飛んでくるから」

バドの言葉を聞いて、フェリクス様が先ほど、私から執務室にある何かを隠したがっていたことを思い出す。

「今思えば、フェリクス様は私から、鉄仮面姿の宰相を隠そうとしていたのよね。でも、どうしてかしら？」

首を傾げて考えていると、バドがあっさりと答えらしきものを口にした。

「それはルピアに、ギルベルトに関する予備知識を与えたくなかったからじゃないの。事前に情報を仕入れたりしたら、ルピアは色々と善意に解釈して手心を加えそうだもの。だが、相手が苦しんでいようが、落ちぶれていようが、そのことは減刑される理由にはならないからね。フェリクスはそうなることを心配して、君に同情心を抱かせることなく、彼を裁かせようとしているんじゃないかな」

「私がギルベルト宰相を裁く？」

バドは一体、何の話をしているのかしら。

驚いて目を見開くと、バドはソファに寝そべったまま恐ろしいことを口にした。

「もちろん、ギルベルトをギッタンギタンにしてやるのが、一番スッキリする方法だから、手心なんてこれっぽっちもいらないからね。だが、一つ惑うのは、彼は一度主と定めた者には忠実だし、目的のためなら悪事に手を染める覚悟があるし、能力は高いから、駒として役に立ちそうなんだよね」

「駒？」

本当にバドは一体、何の話をしているのかしら。

困惑してバドを見つめると、私の守護聖獣はまっすぐ私を見つめてきた。

「ねえ、ルピア、人の心ってのはどうやっても抑えつけられないんだよ。そして、感じ方は人それぞれだ。だから、君が善人だとしても、全員が君の味方になるわけではないし、悪人に魅かれる者も必ずいる。さらに、この国は虹の女神の思想が根強く残っているから、話はさらに複雑になってくる。だから、ギルベルトを一度ペシャリと踏み潰した後、君の手駒として残しておくのもいいかもしれないよ」

✿ ✿ ✿

「バドったら、一体何の話をしているの？　そもそも私に宰相を裁く権限はないのよ」

バドの言葉が冗談に聞こえなかったため、悪ふざけし過ぎだわ、と私は顔をしかめた。

けれど、バドはまるで真面目な話であるかのように、平然とした様子で言葉を続ける。

「仁義的な話だよ。そして、ギルベルトは君に裁かれたがっている。ねえ、ルピア、無罪放免にすることだけが正しい方法じゃないよ。ギルベルトみたいなタイプは一度きちんと裁かれないと、申し訳ない気持ちが積もり過ぎて、君に一生涯顔向けできなくなるはずだ。彼は罰を受け入れる強さを持っているだろうから、思いっきり罰を与えてやることが彼のためじゃないかな」

私の発言を気に掛けることなく、あくまで宰相に罰を与えることを勧めてくるバドを見て、私はぱちぱちと瞬きをした。

……先ほどから、バドは一体何の話をしているのかしら？

バドの話の前提として、そもそも宰相が私に犯罪行為をした事実と、私にその罪を裁断する権限があることの両方が必要だけど、どちらもないのに。

そう考えて首を傾げていると、私の困惑を読み取ったらしいクリスタが説明を加えてきた。

「ええとね、ルピアお義姉様、これは推測なのだけど、お兄様は近々、お義姉様にギルベルトを裁く機会を与えると思うわ」

「フェリクス様が私に？　……そう言えば、この間、ギルベルト宰相とビアージョ騎士団総長が私に会いたがっているから、一度会って罵るといいと言われたわ。冗談だと思っていたけど」

先日の会話を思い出しながら答えると、クリスタはびっくりした様子で目を見開いた。

「えっ、既に予告されていたのね！　残念ながら、それは冗談じゃないわよ。お兄様はあの二人がお義姉様に対して許しがたい言動を行ったと考えていて、当事者であるお義姉様に裁かせる気満々だもの」

「えっ、でも……」

ギルベルト宰相とビアージョ騎士団総長から、それほど酷い言動をされた覚えはなかったため困惑する。

先ほどから一生懸命考えているけど、酷い対応をされた記憶が見つからないから、裁くほどのことはないんじゃないかしら。

無言で考え込んでいると、クリスタが呆れた様子でため息をついた。

「お義姉様の様子を見る限り、バド様が事前に心構えを説いたことは正しかったようね。もしも突然、断罪の場面を与えられたとしても、お義姉様は持ち前の優しさで許してしまいそうだもの。だから、お義姉様に忠告しておくけど、これからお義姉様にはあの二人を裁く機会が与えられることと、その際には厳しく裁くべきだということを、正しく理解しておいてちょうだい」

まるで決定事項のように口にしたクリスタに、私は小さい声で反論する。

「クリスタ、でも、その二人は断罪が必要なほど酷い行為を私にしていないのよ」

「えっ、嘘でしょう？　あの二人のことを考えたら、イライラムカムカすることがたくさんあるはずよ！　あっ、でも、それは胎教に悪いから、今は考えなくていいわ！　どの道、そこら辺の詳細は本人の口から懺悔させるべきだから」

クリスタはそう言うと、私のお腹に向かって、「落ち着いてー、落ち着いてー、腹立たしいことは何もないわー」と優しい声で言い聞かせていた。

それから、顔を上げて困ったように微笑む。

「ごめんなさい、赤ちゃんに悪い話だったわね。ええと、何度も思い出す話じゃないから、具体的なことはあの二人と相対した時に一度だけ思い出せばいいわ。そして、その時に感じた怒りを10倍で返すのよ。それで、ちょうどいいくらいの罰になるはずだし、すっきりすると思うから！　その後は二人のことを忘れてしまって、お腹の赤ちゃんに集中すればいいわ」

クリスタはそう言うと、少し考えた後に付け足した。

「ただし、一つだけ補足すると、バド様が言ったように手心を加え過ぎるのはよくないわ。そもそもあの二人は罰されたがっているのだから、あまりに軽い罰を与えても、意気消沈してもっと多くの罰を望むだけよ」

「クリスタ」

一体私はどうすればいいのかしらと困っていると、私の気持ちを読み取ったクリスタがおかしそうに小さく笑う。

「お義姉様ったら、こんなことで困ってしまうのね！　でも、確かにお義姉様には馴染みがない行為だから、やり方がよく分からないのかしら。だったら、私が罰を与えるお手本を見せてあげるわね」

そう言うと、クリスタは腕を組み、考える様子で中空を見つめた。

「うーん、そうねえ、女性侯爵というのもカッコいいから、ミレナに家督を譲らせて、ギルベルトを当主の座から降ろすのはどうかしら？　さらに、ギルベルトがクラッセン侯爵家から追放されるとなおいいわね。後は、彼ご自慢の虹色髪を一本残らずむしってしまうことかしら……もしかしたら、鉄仮面の下は既にハゲ散らかっているかもしれないけど」

次々にギルベルト宰相を懲らしめる提案をするクリスタを見て、これほどたくさんのアイディアが瞬時に浮かぶなんて、頭の回転が早いのねと驚く。

「クリスタ、今の一瞬で全てのアイディアを考え付いたの？　素晴らしい閃きね。私にはとても真似できないわ」

小さく手を叩きながら称賛すると、クリスタはまんざらでもなさそうににやりと笑った。

「そう？　お気に召したのならよかったわ。お義姉様が何も浮かばなかった場合には、私が言った通りに提案してみたらどうかしら。お義姉様が何を言ったとしても、何だって受け入れられるはずだから」

「えっ、クリスタが言った通りというと……」

彼女の提案は厳しい内容ばかりだったため、どうしたものかしらと言い淀んでいると、代りにバドが口を開いた。

「簡単だよ、ルピア。『ハゲ散らかっている虹色髪を、一本残らずむしるぞ！』って言えばいいんだから」

「えっ、ハ……『ハゲチラかっている虹色髪をむしるわよ』？」

そう答えると、クリスタ、バド、ミレナの三人からすごくいい笑顔を返された。

そのため、宰相と顔合わせをした際の雰囲気がよかったら、冗談めかして口にしてみようかしらと思ったのだった。


その日の夜、フェリクス様と私室で夕食を食べながら、ギルベルト宰相とビアージョ総長に会いたいと告げると、「明日の午後はどうだろうか？」と即座に尋ねられた。

あまりに急なスケジュールだったため、びっくりして聞き返す。

「私は問題ないけれど、あの二人はスケジュールがびっしり詰まっているはずよ。まずは二人の予定を確認した方がよくないかしら？」

少なくとも今日要望して、明日にまとまった時間が取れるほど、時間的余裕があるポジションに二人はいないはずだ。

そう考えて、小首を傾げながら彼を見上げたけれど、フェリクス様はあっさりと返事をした。

「必要ない。君に会う以上の重要案件は、二人とも持っていないからね」

「……そうなのね」

絶対にそんなはずないと思う。

二人とも10年前と同じく、文官と武官のトップの地位にいると聞いているから、ものすごく忙しいうえ、対応するのは全て重要案件のはずだもの。

だから、宰相と総長に話を伝えた時点で、「そんな近々のスケジュールを突然言われても無理ですよ！」と断られ、延期になるのじゃないだろうか。

そう考えていたのだけれど、どういうわけか翌日のお昼に近い時間になっても、二人との面会日程がズレるという連絡は入らなかった。

これはどういうことかしら。

予定が延びるのであれば、そろそろ連絡が入らないと間に合わないはずだけど、と首を傾げていると、ノックの音とともにフェリクス様が私室に入って来た。

そのため、伝言ではなく直接伝えに来たのかしら、と彼の律義さに驚いていると、フェリクス様は言いにくそうに口を開いた。

「ルピア、しばらくこの部屋にいてもいいかな？」

「構わないけど、どうかしたの？」

フェリクス様は執務中のはずだけれど、と訝しく思いながら質問する。

すると、彼は困ったように微笑んだ。

「約束の時間には少し早いが、何かあって君を待たせてはいけないと、ギルベルトとビアージョが既に近くの部屋に詰めているのだよ。そのことで、君に何らかの影響があるといけないから、私もここで待機しておこうと思ってね」

「えっ、約束の時間まであと2時間以上あるわよ」

あら、おかしいわね。

あの二人はものすごく忙しいはずだから、私と面会するとしても、せいぜい5分前に現れるのだろうと思っていたのに、どうしてこんなに早くから待機しているのかしら。

「ええと、待機している間にやるべきことがあるなら構わないけれど、他にやることがないのであれば、お二人に部屋に入ってもらったらどうかしら」

忙しい二人の時間を奪ってはいけないと思いながら提案すると、フェリクス様は確認するかのように私を見てきた。

「この後2時間の君の予定は？　待つのも彼らの仕事だから、元々、君が予定していたことを、予定通りやるべきではないかな。ああ、もしも私が君の邪魔をしているのならば、すぐに出て行くよ」

「私は……2時間ずっと、窓から雲を眺める予定だったわ」

本当は母国の家族に手紙を書く予定だったけれど、そう言うと、手紙を書くことを優先させられそうに思われたので、考え付く中で最も無為な時間の過ごし方を口にする。

すると、フェリクス様は切なそうな表情を浮かべて、私の頭をよしよしと撫でた。

「そうか。……ルピア、君は王妃だからね。私も含めて、誰だって待たせていい立場なのだよ」

まあ、こんなことを言われるということは、雲を眺める予定が口から出まかせだったことを見抜かれてしまったのかしら。

いいえ、私が認めない限り、出まかせかどうかが分かるはずないわ。

そう考えながら笑みを浮かべていたけれど、……私は気付いていなかった。

今日は快晴で、窓の外に見える空には雲一つないことに。

そのため、にこにこと笑みを浮かべる私を、フェリクス様は困ったように見つめていたのだった。

25・ギルベルト宰相とビアージョ騎士団総長

ギルベルト宰相やビアージョ騎士団総長と相対するのは10年ぶりだ。

そのため、少しばかり緊張していたけれど、開かれた扉から入って来た二人を見た途端に緊張感はどこかへ吹き飛び、驚きを顔に表さないようにするのが精一杯だった。

なぜなら宰相も総長も、想定していた姿とは大きく異なっていたからだ。

まず目に入ったのはギルベルト宰相だけれど、今日も彼は顔全体を覆う鉄仮面を被って、縮こまるように背を丸めていた。

一方のビアージョ総長はいくつになっても若々しく、生気に溢れていたはずなのに、今日の彼は覇気がなく、まるでこの世の中には不運と不幸しかないとばかりに悲壮な顔つきをしていた。

10年前とは全く異なる様子の二人を前にして、一体どうしたのかしらと疑問に思う。

小首を傾げて考えている間に、フェリクス様と私に向かい合う形で置かれたソファに、二人は並んで腰を下ろした。

フェリクス様はその様子を黙って見ていたけれど、ついと私に顔を向ける。

「ルピア、早く来過ぎた二人が悪いのに、予定時間を繰り上げてもらって悪かったね」

「いえ、この後の予定は何もなかったから構わないわ」

話を聞いている宰相と総長の手前、もう一度はっきりと問題ないことを強調したけれど、フェリクス様は私の言葉を信じていない様子で顔をしかめると、顔を覗き込んできた。

「ルピア、君が目覚めてから数日が経過したから、眠る前に起こった出来事やその時に抱いていた感情を少しは思い出したかな。そうだとしたら、さぞ腹立たしい気持ちを覚えているだろう。君はこの二人を罵る権利があるから、思う存分罵倒してくれ。君の罵り具合が不十分だと感じたら、私も二人の罪を数え上げる手伝いをするから」

「えっ？」

「あるいは、先日も言ったように、私を含めたところで三人まとめて罵ってもらっても構わない。私も間違いなく、罪を犯した側だから」

緊張した様子で言葉を続けるフェリクス様は、どうやら勘違いをしているようだ。

そもそも私がこの二人に会いたいと言ったのは、何かを咎め立てるためではなく、お礼を言うためなのに。

私はゆるりと首を横に振ると、宰相を見つめた。

「ギルベルト宰相、こうやって面と向かい合うのはずいぶん久しぶりね。初めに一つ質問をしてもいいかしら？　答えたくないのであれば、そう言ってくれたら二度と尋ねないから」

「……何、……何でもお尋ねください」

宰相の声は聞き取りにくいほどかすれていた。

彼は言い直したけれど、それでもかすれていたため、体調を崩しているのかもしれない。

「以前の宰相は素顔を晒していたはずだけれど、どうして鉄仮面を被るようになったのかしら？」

私の質問を聞いた宰相はびくりと体を揺らした後、ゆっくりと両手を組み合わせた。

それから、何かを悩んでいる様子で、組み合わせた両手をぐにぐにと動かしている。

その様子を見て、もしかして言いづらいことなのかもしれないと思い、慌てて質問を取り消した。

「宰相、質問を取り消すわ。言いづらいことを尋ねて申し訳なかったわ」

私の言葉を聞いた宰相は、がばりと顔を上げる。

「王妃陛下が私に謝罪することなど、この世の中に一つもありません！　あなた様は何だって私に尋ねることができます。ただ、私が何と答えるべきかを定めきれていないだけです」

宰相のあまりの勢いに目を丸くしていると、彼ははっとした様子で立ち上がった。

「あっ、申し訳ありません！　私はその……王妃陛下に対して虚偽を申し上げるわけにはいきませんので、事実を口にしようと考えていました。しかし、私は言葉選びが下手なため、王妃陛下がお心を痛めるような言い回しをしないだろうかと心配になって、言葉を発することを躊躇っていたのです」

「まあ」

私は宰相の言葉にびっくりした。

10年前の彼は、事実を正しく相手に伝えることのみに重きを置いていて、相手がどのように感じるかなど気に掛けたこともなかったはずだ。

それなのに、相手の気持ちを慮って言葉を発することを躊躇うなんて、10年前からは想像もできない行動だ。

一体彼に何が起こったのかしらと首を傾げていると、宰相は椅子に座り直し、未だ惑っている様子で口を開いた。

「私が仮面を被っているのは、私がしでかした失態により、王妃陛下にとって私の存在がご不快極まりないだろうと推察されたためです。私の不敬さは正しく処理される予定ですが、それまでには一定の時間が必要なため、処分が下される前に王妃陛下とお目通りする機会があるだろうと考えました。その際に、王妃陛下が私の顔を見なくて済むようにと配慮した次第です」

「えっ」

私がギルベルト宰相の顔を見たくないだろうと考えて、彼は顔を隠しているというの？

「で、でも、宰相は10年前からその仮面を被っていると聞いているわ。もしも私から顔を隠したいのであれば、そんなに前から被る必要はないし、私と会う時だけ仮面を被ればいいのじゃないかしら？」

「その場合、もしかしたら王妃陛下であれば、私がこの仮面を被った原因はご自分にあると考えて、お心を痛められるかもしれないと考えたのです。あるいは、何も知らない者たちが勝手な理屈を付けて、王妃陛下を悪く言う理由にするかもしれないと恐れました。そのどちらも私の望むところではないため、王妃陛下と無関係であることを示すために、10年前から仮面を被ることにしました。……私は全てを説明してしまったので、あまり意味はなかったようですが」

しかし、王妃陛下に虚偽を申し上げるわけにはいきませんし、少なくとも周囲の者には、私の仮面と王妃陛下は無関係だと伝わったかと思います……と言葉を続ける宰相を前に、私はびっくりして二の句が継げなかった。

鉄仮面は重いし、暑いし、身に着けることで不自由さを感じるはずだ。

それなのに、私に気を遣って、10年も前から宰相は仮面を被り続けていたのだろうか。

「ギルベルト宰相、鉄仮面を被り続けたことに、例えば他人に顔を見せたくないといった他の理由はないのかしら？」

気を取り直して再度質問したけれど、きっぱりと否定される。

「はい、他に理由はありません」

それならばと、そんな宰相に向かって、私はおずおずと提案した。

「だったら……今、その仮面を取ってもらえるかしら。私はギルベルト宰相の顔を見たくないとは、これっぽっちも思っていないわ。それに、相手の表情が分からないと、話をしにくいわ。そして、あなたが言ったように、私が原因で10年もの間、あなたに不自由を強いていたと思うと心が痛むの」

「そ、それは大変失礼いたしました！　今すぐ外します！」

宰相は慌てた様子でそう言うと、カチャカチャと音を立てながら鉄仮面を両手で掴み、勢いよく頭から抜いた。

すると、無骨な仮面の中から、10年分の年齢を重ねてはいたものの、以前と変わらない青いメッシュが入った緑色の髪をした理知的な顔が現れる。

「……っ、お、王妃陛下！」

ギルベルト宰相は私と目が合った途端、苦悶に満ちた表情で慌てて頭を下げた。

まるで許しを請うかのように平身低頭するギルベルト宰相を見て、彼は一体どうしたのかしらと疑問を覚えた。

フェリクス様が相手であっても、宰相は今まで一度だって、委縮したりへりくだったりしたことはなかったのに。

「フェリクス様、私の表情は恐ろしいかしら？　あるいは、ドレスが暗い色をしているから怖く見えるのかしら？　宰相が私を恐がっているように見えるのだけど、理由が分からないの」

ギルベルト宰相の振る舞いの理由が分からなかったため、隣にいるフェリクス様に小声で尋ねる。

するとフェリクス様は無言で私を眺め回した後、ゆるりと首を横に振った。

「いや、君はいつも通り可愛らしいよ。ギルベルトは君を恐れているのではなく、君の神々しさに打たれて、恐れ入ったのじゃないかな」

「フェリクス様……」

真剣に尋ねているのだから真剣に答えてほしいのに、冗談で返されてしまった。

私は気を取り直すと、もう一度宰相に向き直り、頭を下げ続けている彼に声を掛けた。

「ギルベルト宰相、私を目にするのが苦痛ならば、そのままの姿勢でいてちょうだい。でも、そうでないのならば、顔を見て話をすることはできるかしら？」

宰相はびくりと体を跳ねさせると、素早く顔を上げた。

それから、私の言葉を聞く姿勢を見せたけれど、目線は下げたままだった。

どうして私と目を合わせられないのかしらと疑問が湧いたけれど、これが宰相の精一杯ならば受け入れようと思い、二人に向かってお礼を言う。

「お忙しい中、来てくださってありがとう。どうしても一言お礼が言いたくて、お二人をお呼び立てしたの」

私の言葉を聞いたギルベルト宰相は、驚いた様子で伏せていた目を上げた。

それから、理解できない難しい話を聞いているような表情を浮かべる。

同様に、ビアージョ総長も眉間に皺を寄せて、難しい表情を浮かべた。

「私が魔女であることは聞いているかしら？　そのために、つい最近までずっと眠っていたことも。王妃の立場のまま、私は10年間も眠ってしまったわ。そのことで各方面にご迷惑をお掛けしたはずよ。そして、その際に一番の被害を被ったのは、文官と武官のトップであるあなた方だわ。だから、私が不在の間、フェリクス様を助力してくださったことにお礼を申し上げたかったの。ギルベルト宰相、ビアージョ騎士団総長、どうもありがとう」

そう言って軽く頭を下げると、ギルベルト宰相とビアージョ総長は二人同時に立ち上がった。

宰相は耐えられないとばかりに、悲鳴のような声を上げる。

「王妃陛下、どうかおやめください！　お願いですから、私を罵ってください!!　私はあなた様にお優しい言葉を掛けてもらえるような立場にはありません。そして、そのような感謝の言葉を受け止める強さはありません」

一方、総長は顔を強張らせると、かすれた声を出した。

「ルピア陛下、どうかそれ以上はご勘弁ください」

「……えっ？」

やっぱり今日の私はどこかが違っていて、恐ろしさを感じさせるのだろうか。

宰相と総長の二人が顔を青ざめて、これ以上はもう一言だって私の言葉を聞きたくないと、全身で示してきたのだから。

二人がそのような態度を取る理由が分からなかったため、もう一度フェリクス様を頼ることにする。

「フェリクス様、お二人は私の言葉を聞くのが堪えがたい様子だけど、私はお礼を言っただけよね。特に酷いことを言ったつもりはないのだけれど、何がよくなかったのかしら」

フェリクス様は困ったような表情を浮かべた。

「全く酷くないことを言ったのが、よくなかったのだろうね。君は憤慨して、彼らを罵倒すべきだと思うよ。ギルベルトもビアージョも自分の罪を理解している。そして、相応の罰を受けることを望んでいる。だから、正反対のものを示されることに耐えられないのだ」

ギルベルト宰相とビアージョ総長の罪とは何のことかしらと思ったけれど、質問をするより早くフェリクス様が言葉を続ける。

「ねえ、ルピア、人の体は怒りや悲しみを溜められるようにはできていないのだよ。だから、無理をして溜め続けていると、体に不調が出てくる。あるいは、怒りや悲しみが濃くなり過ぎて、感情の全てを支配されてしまう。だから、正しく外に排出することが必要だ」

フェリクス様の発言には私への思いやりが込められていたため、私はふっと笑みを浮かべた。

そんな私を、フェリクス様は心配そうに見つめてくる。

「腹立たしかったことは腹立たしかったと、悲しかったことは悲しかったと、相手にきちんと言葉で伝えてすっきりしないと、いつまでも悶々として苦しむだけだ」

「そうかもしれないわね」

でも、私は呑み込むことができるのよ。

悲しくて、苦しいことがあっても、お腹の中に呑み込んで笑っていると、だいたいのものは消えてなくなるのだ。

「宰相と総長が私に対して何らかの罪を犯したがため、私が悲しんで、苦しんでいるのではないかとあなた方は心配しているのね？」

頷くフェリクス様に、私はさらに質問した。

「それで、……お二人の罪はどのようなものかしら？」

❁　❁　❁

私の質問を受けたフェリクス様、ギルベルト宰相、ビアージョ総長の三人は、これ以上ないほど真剣な表情を浮かべた。

それから、ギルベルト宰相は椅子に座り直すと、姿勢を正して深く頭を下げる。

「私には王妃陛下を敬う心が不足しておりました。覚悟と慈愛の心を持って我が国に嫁いできてくださった王妃陛下のことを、これっぽっちも理解していなかったのです」

一大事とばかりにそう口にする宰相を前に、私は首を傾げた。

「言葉にしていない相手の気持ちを理解できないのは、当然のことだわ。それに、私がこの国に嫁ぐ際に、覚悟や思いやりを抱いていたとしても、それは皆が抱くのと同じもので特別ではないわ」

ギルベルト宰相は頭を下げたまま、自分のズボンの太もも部分をぎゅっと握りしめる。

「そのような言葉をさらりと口にされるような方だということを、10年前の私はこれっぽっちも気付いていなかったのです。いえ、王妃陛下は嫁いで来られた時から変わらず、優しさに溢れたお言葉を口にされていましたが、その思いの深さに私は気付いていなかったのです」

「…………」

宰相がものすごく思い詰めている様子だったので、否定してはいけないと思い口を噤む。

「私は幼い頃からフェリクス王を見てきました。そして、何一つ劣るところがなく、誰よりも努力をしているにもかかわらず、1色の髪色というだけで王太子に就くことができないことに憤りを感じていました」

ギルベルト宰相の気持ちはよく理解できた。

なぜなら私も幼い頃からずっと、フェリクス様がご両親や臣下の者たちから、髪色を理由に大事にされない姿を夢で見ており、納得できないものを感じていたからだ。

「だからこそ、誰にも文句を言われないよう、王の隣に立つ方は複数色の虹色髪であるべきだと、ずっと考えてきました。しかし、その考えこそが誤りだったのです。私は髪色によって不当に差別される王を見てきたはずなのに、同じことをしていたのですから」

10年前、ギルベルト宰相は「虹の乙女」であるアナイスを側妃にと勧めてきた。

だからこそ、私は幼い魔女の恋心を封じなければならないと思ったのだ。

「王妃陛下、あなた様は私が想像もできなかった完璧な方です。それなのに、私は髪色だけを理由に、別の女性を王の隣に立たせようと考えました。一人で勝手に、独善的に、話を進めようとしたのです！　私は王妃陛下をこそ敬い、我が国唯一の王妃として崇めるべきだったのに」

ギルベルト宰相は顔を上げると、心底悔いているような表情を浮かべた。

「王妃陛下の価値を理解せず、正しく敬わなかったこと。独善的に虹色髪の女性を王家に迎えようとしたこと。どちらも許しがたい私の罪です」

「ギルベルト宰相……」

何と返事をするべきかしらと躊躇っている間に、彼の隣に座っていたビアージョ総長が膝の上に置いた手をぐっと握りしめた。

どうやらビアージョ総長は、次は自分が罪を告白する番だと考えたらしい。

総長はごくりと唾を飲み込むと、緊張した様子で口を開いた。

「ルピア妃、まずはご懐妊されましたことについて、心よりお喜び申し上げます。私は10年前、ゴニア王国から戻った際、そのことを一番にお祝い申し上げるべきでした。にもかかわらず、私はそのことを一言も口にしませんでした。それどころか、私はフェリクス王に別の女性を勧めたのです」

まずは黙って話を聞くべきだと考えていたにもかかわらず、総長の緊張と反省する気持ちが伝わってきたため、思わず口を開く。

「ビアージョ総長は武官のトップにいるのよ。何よりもそのお役目が優先されるのは当然のことだわ。あなたはその時知り得ていた情報の中から、正しいと思うことを口にしただけでしょう？」

「私が持っていたのは誤った情報です！　ルピア妃について正しい情報を、何一つ持ち合わせていませんでした！　あなた様は王の命を救われたのです！　本来であれば、私が守るべきであった王の命を!!　そんなあなた様に対して、無知蒙昧なる私は口にしてはいけないことを口にしたのです」

ビアージョ総長の性格から鑑みるに、10年前の彼は私が魔女であることを知らなかったか、信じることができなかったかの、どちらかだったのだろう。

だからこそ、私が魔女だとは思いもせずに、あのような発言をしたのだろう。

「もしかしたら総長は、私が魔女だということを聞いていなかったのではないかしら？」

「…………」

答えられないとばかりに口を噤んだ総長を見て、私は呆れて目を見張る。

何てことかしら、総長は私が魔女であることを一切聞いていなかったのだわ。

自分に都合が悪い事実は全て口にして謝罪するのに、都合がいい事実が出てきた場合には口を噤むのだから、総長は自分自身を庇う気持ちが全くないようね。

「ビアージョ総長、10年前のあなたが私が魔女であることを知りもしなかったのであれば、咎められることは一つもないわ」

私は当然のことを口にしたのだけれど、ビアージョ総長はそうではないと首を横に振った。

「お言葉を返して申し訳ありません。ですが、私には目も耳も付いています。ありがたいことに、ルピア妃の側に侍《はべ》る機会も何度もいただきました。いくらでも気付く機会はあったのですから、気付かなかった私が不出来なのです」

総長の驚くべき発言を聞いて、彼は自分に厳し過ぎるわと思っていると、ビアージョ総長は悲壮な顔付きで言葉を続けた。

「そもそも私は己の職分を果たすことができませんでした。戦場において、王をお守りすることができませんでしたし、王都の警備に手薄な面を残したせいで、やはり王の命を危険に晒したのですから」

◇　◇　◇

後悔に顔を歪めるビアージョ総長を前に、私は思わず口を開いた。

「ビアージョ総長、どうしても命を守れない場面はあるわ」

総長を始めとした騎士たちが、いつだって全力でフェリクス様を守ろうとしていることは、側で見てきた私にはよく分かっている。

けれど、人は全能でないため、想定外の事案が起こることはあるのだ。

「後から過去を振り返った時に、『こうしていれば守れたのに』と悔やむ気持ちは分かるけれど、それは実際に起こった事案を目にしているからこそ言える言葉であって、万にも上る『もしかしたら事案』を全て事前に防ぐことはできないわ」

私の言葉を聞いた総長は、顔を歪めた。

「ですが、そのせいで、私はルピア妃に王の身代わりをさせてしまいました。耐えがたい苦しみを与え、お腹のお子様を危険に晒し、合わせて12年もの長い間、王妃陛下を周りの全ての者から遠ざけたのです」

それは私の決断だわ。

それなのに、総長はそれらの全てを自分の責任だと考えているのかしら。

「それが私の役割だわ。フェリクス様は元気になったのだから、私は十分な見返りをもらっているわ。さらに、フェリクス様を失ったと思った時に感じた、あなた方の後悔する気持ちを取り除けたのだとしたら、もらい過ぎているくらいよ」

嘘偽りない気持ちを述べたというのに、ビアージョ総長は首を大きく横に振った。

「ルピア妃、あなた様こそが私たちが守るべき対象です！　私たちはあなた様に、傷一つ付けるべきではなかったのです」

真剣な表情でそう主張する総長に、私は苦笑する。

「本当に総長は立派な考え方をするのね。そして、ギルベルト宰相も。一方、私は理解力が悪いようだわ。話を聞いた後でも、二人の罪が見つからないのだから」

「……王妃陛下」

「……………」

痛まし気な表情で首を横に振る二人を前に、私はもう一度、何も問題はなかったと繰り返した。

「あなた方が第一に仕えているのはフェリクス様だわ。そして、あなた方はその時持っていた情報の中で、最大限にフェリクス様のためになることをしようとしたのでしょう？　だとしたら、正しく役目を果たしただけで、咎め立てることは何もないわ」

私はごく常識的なことを口にしているのに、宰相と総長に間髪をいれずに言い返される。

「そうではありません！　私はあなた様を敬わず、あまつさえ傷付けました！　我がスターリング王国のご正妃様をです!!　これはあってはならないことです」

「私に至っては、自分の職分を果たさないうえ、代わりにルピア妃に犠牲を強いました。そのせいで、私は王と民から至尊なるルピア妃を12年も失わせたのです」

全く彼らのせいではないのに、聞く耳を持たない二人を前にして、私は途方に暮れた。

そのため、またまたフェリクス様を頼ろうと見上げると、なぜだか彼は泣きそうな顔をしていた。

「ルピア、どうしてそんな思考になるんだ……」

弱々しくつぶやかれたため、私はびっくりして目を見張る。

「えっ、私はいたって普通の考えをしているわ。宰相も総長も、自分の正義に基づいて行動しただけよ。お二人が個人的に私を嫌っているだとか、貶めようだとか、そのようなことはひとかけらも考えなかったことくらい、私にも分かるわ」

「普通は分からないよ。君はとても酷い誤解をされて、手酷い扱いを受けたのだ。この件に関する事実はそれだけだ。彼らがどう考えたかや、どのような状況だったかは関係ない。臣下の立場として、至尊なる我が国の王妃に不敬な振る舞いをしたのだから、正しく罰せられるべきだ」

フェリクス様の言葉に納得できず、私はへにょりと眉を下げる。

それから、理解してほしいと思いながら、彼を見つめた。

「一つ理解してほしいのだけど、私はこれまで一度も誰かを裁いたことがないの。だから、人を裁く心構えができていないのね。私がお二人を断罪したら、私はずっとそのことについて心を痛めるし、くよくよと考え続けるはずよ」

私の発言を聞いた三人は、悲壮な顔つきで黙り込む。

「それに、原因の一つには、私が魔女であることを上手く説明できなかったことがあるのだから、お二人が一方的に咎められる話ではないわ。多分、お二人が私だったら、もっと上手くやれたはずよ。きちんと魔女であることをフェリクス様にも、あなた方にも理解してもらっていたら、そもそも今回のことは起こらなかったかもしれないのだから」

「違います！」

反射的に否定した宰相に続いて、総長も私の言葉を否定する。

「そんなことは決してありません。ルピア妃、あなた様は何一つ説明する必要はないのです。あなた様が『魔女だ』と口にしたならば、その言葉だけで私はあなた様を信じるべきなのです」

まあ、ビアージョ総長がとんでもないことを言い出したわよ。

私は宰相と総長を困ったように見つめる。

それから、二人が私を美化し過ぎているように思われたため、そうではないのだと正直な心の裡を吐露した。

「実際のところ、全く知らない人から酷い言葉を投げつけられたとしても、それほど私の心は痛まないのよ」

疑わしいとばかりの眼差しを向ける三人に、私は言葉を重ねる。

「本当よ。私がお二人の対応に悲しみを覚えたとしたら、それは私が宰相と総長に好意を感じていたからだわ」

私の言葉を聞いたギルベルト宰相とビアージョ総長はぐっと唇を噛みしめると、一言も聞き漏らさないとばかりに見つめてきた。

そんな二人に理解してほしくて、私はさらに説明する。

「あなた方が生真面目に職務を遂行していたり、フェリクス様に忠実だったりと、立派な行為を積み重ねてきたからこそ、私の心に好意が生じたのだわ。だから、傷付けられたことを理由にあなた方を裁くとしたら、これまであなた方が素晴らしい行いをしてきたことを理由に断罪することになるわ。それはおかしなことでしょう？」

言いたいことを言い終えて口を噤んだところ、ギルベルト宰相とビアージョ総長は反論してこなかった。

そのため、やっと二人を納得させることができたわと胸を撫で下ろしていると、隣にいたフェリクス様が震える声を出した。

「ルピア……君の理論は人をダメにする」

「えっ？」

思ってもみないことを言われたため、目を見開いて彼を見上げる。

すると、何かに耐えるような表情で俯くフェリクス様の横顔が見えた。

「その理論を受け入れたら、ギルベルトもビアージョも君の顔が見られなくなるだろう。……もちろん、私も」


「あの、フェリクス様？」

フェリクス様は一体何を言い出したのかしらと驚いたけれど、その後にはしんとした沈黙が落ちたので、宰相と総長の二人もフェリクス様の言葉に同意しているようだった。

そのため、私の言葉は正しいはずだと思いながらも、三人に同調することにする。

「分かったわ。だったら、私はずーっと一生涯、心が痛み続けるけど、それでも二人に罰を与えるべきなのね？」

フェリクス様があまりに辛そうな様子だったので、私にとっては全くやりたくないことだけれど、と思いながら尋ねてみる。

すると、それまで頑なだった彼が、妥協する様子を見せた。

「……………………違う」

あら？

前言とは異なり、二人に罰を与えなくてもいいと言われたわよ。

けれど、それ以上誰も口を開かなかったため、皆が一体どのような心境でいるのかがよく分からない。

ちらりと三人に視線をやると、なぜだか全員が傷付いたような表情を浮かべており、私までもが感傷的な気持ちになる。

そして、三人を納得させるためには、私が10年前に傷付いたことを認めた方がいいのかしら、という気持ちになった。

「……ホントはね、10年前にすごく悲しい思いをしたの」

迷いながらもぽつりとそう口にすると、ギルベルト宰相とビアージョ総長がはっとした様子で私を見つめてきた。

それから、一言一句を聞き逃すまいとするかのように、私を凝視してくる。

そのため、私は誤解を生まないよう、二人をしっかり見つめながら言葉を続けた。

「聡明で的確な判断力を持つギルベルト宰相が、側妃が必要だと認めたのならば、私では足りなかったのねと思ったから。それから、公平で公正なビアージョ総長が、側妃が必要だと考えたのなら、私より相応しい人がいるのねと考えたから」

口にしただけで、10年前に感じた悲しみが甦ってくるように思われて、私は服の胸元部分をぎゅっと握りしめる。

その様子を見ていたフェリクス様は私の反対側の手を取ると、しっかりと両手で握りしめてくれた。

思わず彼を見上げると、私を心配して一心に見つめてくれている藍青色の瞳と視線が合う。

10年も前の話だというのに、フェリクス様はまるで今、私が傷付いているかのように心配してくれているのだ。

その気持ちを嬉しく感じながら、もう一度宰相と総長に向き合うと、二人はこのわずかな時間で顔色を悪くしていた。

――そう。私は傷付いて悲しい気持ちになったけれど、この二人も私を傷付けたことで、悲しい気持ちになったのだ。

「だけど、そんな結論を出させたことで、私もお二人を苦しめたのだわ。だから、おあいこね？」

そう言って二人に小さく微笑みかけると、泣き出しそうな表情で見つめられた。

「違います……」

「ルピア妃……」

言葉が続かない様子の二人を見て、何も違わないわと思う。

私も苦しかったけど、宰相と総長の二人も苦しんだのよ。だから、同じだわ。

「それにね、フェリクス様にはお話ししたけど、私は眠っている間に彼への恋心をなくしてしまったの」

そう発した瞬間、二人ははっとした様子で目を見開くと、真っ青になって見つめてきた。

私は申し訳ない気持ちで、そんな宰相と総長に正直な気持ちを告白する。

「だから、今の私は彼の身代わりになれないわ。そんな私は、彼のためにできることがもうないから、……この国を去るのが正しい道じゃないかと、ずっと考えていたの」

「ルピア、何……」

隣に座っていたフェリクス様は、驚いた様子でびくりと体を跳ねさせたけれど、先を続けられずに絶句する。

そんな彼を、私は静かに見上げた。

フェリクス様はずっと、私にこの国に残るようにと言ってくれており、それに対して私も反対意見を述べなかったから、私が残るものだと思っていたのだろう。

けれど、時間が経つにつれ、私はこの国に必要ないという気持ちが強くなってきたのだ。

「フェリクス様、あなたはとっても良くしてくれるわ。あなたの優しさは心地いいから、私はつい甘えていたけれど、このままではいけないわよね。だって、今の私は何も返せないのだから、あなたの好意を受け取る権利がないもの」

最近のフェリクス様は、私を甘やかしているとしか言えないほどに、何くれと世話を焼いてくれる。

そして、いつだって私を優先してくれる。

けれど、そのことに対して私が返せるものは何もないのだ。

「だからね、私は素直に思うのよ。宰相と総長が考えたように、虹色髪を持つ新たな妃を迎えた方が、この国のためになるのだろうと」

フェリクス様、ギルベルト宰相、ビアージョ総長は、自分の耳が信じられないといった表情を浮かべ、私の言葉を聞いていた。

三人が言葉を差し挟まないのをいいことに、私は言いたいことを口にする。

「たとえ実質的な利益がないとしても、虹色髪に希望を見出す人がいる限り、その髪色には価値があるはずよ。だから、私とは異なり、その髪色だけで国民に安心感を与えることができるのならば、そちらを選ぶべきだわ」

そうでしょう、と同意を求めるようにギルベルト宰相とビアージョ総長に視線をやると、二人ともまるで毒杯でも呷ったかのような苦し気な表情を浮かべた。

それから、力のない声で反論する。

「何度も繰り返して恐縮ですが、私が間違っていたのです。国民に安心感を与える方法はいくつもあります。だというのに、当時の私は一つの方法しかないと思い込んでいました。そして、多くの選択肢の中で最も苦労がない方法を選ぼうとしたのです。しかし、当然のことですが、そんな安直な方法では国民に真の安全を与えることはできません」

「かつての私がそう考えたのは、見るべきものを見ておらず、ルピア妃の価値を理解していなかったからです。それは魔女としての特質だけではなく、国王陛下のことを心から想ってくださり、王宮一人一人のことまで細やかに考えてくださる優しさのことです」

二人が私のことをきちんと見て、評価してくれるのは嬉しいけれど、この二人であればきっと別の女性が妃になっても、その方の長所を見つけ出してくれるだろう。

「あなた方の気持ちを勝手に推し量って申し訳ないけれど、きっとお二人の発言は、申し訳ないという気持ちから出ているのよ。でも、謝罪や感謝は、王妃という立場でなくても受け取れるわ」

真っ青な顔で黙り込む二人を見て、納得してくれたのねと判断した私は、隣にいるフェリクス様を見上げる。

「フェリクス様、あなたはこの国とあなたを見て、この10年の間に変化したものを私に感じてほしいと言ったわね。大半を眠って過ごしたとはいえ、私は12年以上もこの国の王妃だったわ。だから、とっても大切な場所になったこの国を、あなたの言葉通りにじっくりと見せていただこうと思うの。それから、ディアブロ王国に戻るわ」

フェリクス様は声が出ない様子で、瞬きもせずに私を見下ろしてきた。

この国に残るようにと、希望を出し続けてくれた彼の望みに反する結論を出したことが申し訳なく、思わず目を伏せる。

それから、もう一度、宰相と総長に向き直ると、二人に向かって口を開いた。

「だから、これが罰になるのかは分からないけれど、ギルベルト宰相とビアージョ総長には、私が去った後もフェリクス様とこの国を支えてくれるようお願いするわ」

「…………」

「…………」

——昨日、クリスタ、バド、ミレナは自信満々に、私がどれほど無理難題を言い付けたとしても、ギルベルト宰相とビアージョ総長は黙って受け入れると言っていた。

けれど、どうやら皆の勘違いだったようだ。

なぜなら私が出したとても簡単な要望に対して、二人は決して「諾」と返事をしなかったのだから。

　ギルベルト宰相とビアージョ総長は唇を引き結ぶと、苦しそうな表情でただ私を見つめ続けていた。

愛を告げても足りず、永遠を約束しても価値がない

【SIDE 国王フェリクス】

『私のことは考えてもらわなくてもいいのよ。私はあなたの邪魔をしないし、必要ならばすぐにでも、この国を出ていくから』

『私はディアブロ王国に戻ろうと思うの』

二度にわたってはっきりと、彼女の口から私を捨てる言葉を聞いた。

そして、たった今、三度目の言葉を告げられる。

『大半を眠って過ごしたとはいえ、私は12年以上もこの国の王妃だったわ。だから、とっても大切な場所になったこの国を、あなたの言葉通りにじっくりと見せていただこうと思うの。それから、ディアブロ王国に戻るわ』

何を言われても仕方がないと覚悟していたが、これほどあっさりと切り捨てられたことに衝撃を受ける。

それから、自分が何も持っていないことを思い知った。

――ルピアを失ってしまったならば、私には何も残らないことを。

そのことをはっきりと認識し、縋るように見つめたが、彼女の美しい紫の瞳は既に私を見ていなかった。

✿　✿　✿

『ディアブロ王国に戻る』とのルピアの発言を聞き、あまりの衝撃に声を発することもできず、ギルベルトとビアージョとともによろめきながら彼女の部屋を退出した。

誰もが無言のまま、ふらふらと廊下を歩く。

しかし、歩くことにも困難を感じたため、手近な客室に一人で入ると、長椅子にずるりと座り込んだ。

それから、背もたれに上半身をもたせかけると、天井を見上げる。

……ルピアには何の悪気もない。

ただ、私に恋心を抱いていないだけだ。

そのことを理解するとともに、ふと新婚生活を思い出す。

結婚当初、ルピアに親切に接してはいたものの、彼女への恋心を自覚していなかった自分を。

そのため、互いに同じ言葉を口にしていても、同じように見つめ合っていても、私が感じていたこととルピアが感じていたことには大きな差異があったはずだ。

「もしかしたらあの頃のルピアは、今の私と同じような気持ちになっていたのかもしれないな」

決して意地悪をされているわけではないし、親切にしてくれているのだが、彼女が私に恋をしていないことが明白なため、それだけで胸がつきりと痛むのだ。

そして、私が彼女に焦がれている分、温度差を感じて悲しくなるのだ――自分勝手なことに。

私は視線を窓に向けると、庭園に咲く花々を見つめた。

白と紫の可愛らしい花々を。

……ルピアはとても可愛らしい。

彼女の顔立ちは誰もが整っていると表現するだろうし、私を見上げる小柄な姿はとても愛らしい。

そして、彼女はいつだって楽しそうに微笑んでいるから、一緒にいるだけでこちらも楽しい気分になってくる。

さらに、思いやりがある性格は行動の端々に表れているから、ふとした瞬間に大事にされていることを実感し、心がほっと温かくなる。

そんなルピアを知りさえすれば、多くの男性が彼女のことを魅力的だと考え、簡単に恋に落ちるだろう。

一方、私はどうだろうか。

ルピアに見合うべき美点が何かあるのだろうか――考えても、ルピアの隣に立てるほどのものは見つからない。

だからなのか、愛を告げてもルピアの心に響かない。

彼女が目覚めて以降、多くの時間を彼女と過ごし、一生涯彼女しか必要でないことを伝えた。

しかし、永遠を約束しても彼女の心は動かない。

「これ以上、どうすればいいのだ？　愛を告げても足りず、永遠を約束しても価値がないのであれば、他に私は何も持っていないのに」

これまで一度も、私は恋に落ちたことがなかった。

恋愛に興味もなかったため、時間を割いたこともなかった。

そのため、いざ自分がその状態に陥った時、恋のやり方が分からない。

どうすればルピアに関心を抱かせることができ、私につなぎとめることができるのかが分からないのだ。

「……いや、嘆いている場合ではないな。私はルピアの心に響く、新たな方法を見つけなければならないのだ」

目覚めた時、ルピアは私への恋心を全て捨て去っていた。

彼女に想われていた記憶があるため、以前との態度の違いに気落ちするが、彼女が目覚めてからまだ1か月も経っていないのだから、彼女が私に恋をしていないことはある意味当然なのだ。

「謙虚になれ。そして、無駄に落ち込むな。私は一目惚れされるタイプではないが、それは世の男性の大半がそうだ。私だけではない」

震える両手を組み合わせると、私は自分に言い聞かせた。

それから、溢れてくる彼女への想いを堰き止めようと、ぐっと奥歯を嚙み締める。

私はルピアから命を与えられ、愛を教えてもらい、幸せにしてもらった。

私に今があるのは、全てルピアのおかげだ。

だからこそ、私は同じものを彼女に返したいし、いつだって彼女に笑っていてほしいのだ。

「ルピアは非常に貴重な『身代わりの魔女』だ。しかし、私が彼女を望むのは、魔女であることが理由ではない」

先ほど、ルピアが『恋心を失くした以上、もはや身代わりになれないから、この国を去るのが正しい道だ』と口にした場面が蘇ってくる。

魔女であるルピアは間違いなく貴重だが、魔女でなくなったとしても、ルピアはやはり大切で貴重な存在だ。そのことを彼女自身に分かってほしい。

ルピアはただそこにいるだけで価値があるのだ。

「私自身に価値があるのだと、私はルピアから教えてもらった。同じように、たとえ何もできなくても、何もしなくても、ルピアはそこにいるだけで価値があるのだと分かってほしい」

それから、————願わくは、再び私の手を取ってほしい。

私は先ほどの場面をもう一度思い浮かべる。

ルピアは母国に戻ると口にしたが、しばらくはこの国に残るとも言っていた。

そうであれば、彼女がこの国にいる間に、考えを変えるよう全力で努めるまでだ。

そう決意する一方で、もしかしたら全ては手遅れで、何をしてもルピアは私を望まないかもしれない、という考えが頭をよぎる。

「……もしも彼女が私から去ろうとした場合、私は彼女を手放せるのだろうか？」

答えはなかった。

ただ、その可能性を考えただけで、高い空の上に放り投げられたような、あるいは深い水の底に沈められたような絶望を感じる。

「どうか君が幸福でいられるよう、私の人生の全てを捧げさせてほしい……君の隣で」

私は一人きりの部屋で、祈るようにつぶやいた。


その日、どうにも気分が浮上できなかった私は、暗い表情をルピアに見せるわけにはいかないと、彼女が目覚めて以降初めてミレナに夕食のサポートを任せた。

しかし、そのことを後悔することになる。

なぜならミレナに任せはしたものの、ルピアが寂しい思いをしているかもしれないとどうにも気になったため、結局は少し遅れて晩餐室に足を踏み入れたところ――一人の男性が、馴れ馴れしくルピアに話しかけている場面を目にしたからだ。

それは、3色の虹色髪をした、私にそっくりな年若い男性で……。

「やあ、僕のお姫様」

驚いたように目を見張るルピアに対して、青年特有の澄んだ声でそう口にしたのは、我がスターリング王国の第一位王位継承者で、実弟のハーラルト・スターリングだった。

26・16歳のハーラルト

「フェリクス様？」

20歳にもなっていないであろう目の前の年若い青年を見上げると、私は思わずそう呼びかけた。

けれど、そんなはずはない、とすぐに前言を打ち消す。

なぜなら私が10年間眠っていたため、フェリクス様は10歳年を取り、28歳になっていたからだ。

そして、年齢を重ね、より魅力的になったフェリクス様と何度も接したけれど、その姿は目の前の青年とは明らかに異なっていたからだ。

だから、その青年がフェリクス様であるはずはないのだけれど、なぜだか私は彼をフェリクス様だと誤認してしまったのだ。

それは、10年前の私が眠りにつく寸前に目にしたフェリクス様と、目の前の青年が同じ姿をしていたからだろう。

何が起こっているのか分からずに、ぱちぱちと瞬きを繰り返すと、彼は澄んだ声を出した。

「やあ、僕のお姫様」

その声は、12年前の結婚式で耳にしたフェリクス様の声そっくりだった。

そのため、やっぱり目の前の青年はフェリクス様なのではないかという気持ちが、再び込み上げてくる。

状況を理解できず、無言で彼を見上げていると——彼の微笑みに違和感を覚えた。

……違うわ。

フェリクス様はこんな風に笑わない。

フェリクス様はいつだって、楽しそうにしていてもどこかに悲しみを含んでいるのだから。

はっとして、改めて目の前の青年を見つめてみると、たくさんの違いが目に入った。

まず髪色が違う。

3色の虹色髪であることは同じだけれど、フェリクス様は艶やかな藍色の髪に、青色と紫色のメッシュが一筋ずつ交じっている。

一方、目の前の青年は同じように藍色ベースの髪ではあるけれど、メッシュの色は緑と青だ。

それから、フェリクス様と違って目じりが少し下がっている。

えっ、ということは……。

「もしかしてハーラルトなの？」

私は思い当たる名前を口にした。

私が知っているハーラルトは、舌足らずな口調で話をする6歳の可愛らしい子どもだった。

けれど、最後に会ってから10年が経過しているので、クリスタ同様に彼も成長しているはずだ。

そして、目の前の青年は、ハーラルトが成長したらこうなるであろうと思われる姿をしていた。

本当にハーラルトなのかしらと青年を凝視していると、果たして彼はにこりと微笑み、私の質問を肯定する。

「そうだよ、ルピアお義姉様。あなたのハーだよ」

ハーラルトが笑った瞬間、その場にぱっと暖かな光が満ちたような感覚を覚えた。

彼は笑みを浮かべたまま屈みこんできて、私をぎゅっと抱きしめる。

すると、彼と接近したことで、ハーラルトがまとっている甘い花のようなパルファンの香りがふわりと漂ってきた。

その香りを嗅いだことで、突然、私を抱きしめているのはちっちゃなハーラルトではないことを理解する。

幼い頃の彼はいつだって、太陽の匂いがしていたのに、今は甘やかなパルファンの香りがするのだから。

突然のことに戸惑っていると、カツカツと高い足音が近づいてきて、誰かが私をハーラルトから引き離した。

「ハーラルト、久しぶりの姉弟再会の場面だとしても抱擁は不要だ！」

硬い体に抱きしめられて戸惑ったけれど、聞き慣れた声が上から降ってきたため、誰の腕の中にいるのかを理解する。

驚いて見上げるのと、ハーラルトが呆れたようなため息をつくのが一緒だった。

「兄上は狭量だな。僕とルピアは家族なんだよ。抱きしめるくらいいいじゃないか」

「……名前ではなく、姉上とお呼びしなさい」

フェリクス様は目を眇《すが》めると、硬質な声を出した。

ハーラルトはもう一度ため息をつくと、こてりと首を傾げ、甘えるように私を見つめてくる。

「僕はあなたを『お義姉様』と呼んだ方がいいのかな？　あなたは僕に、小さいハーラルトのままでいてほしいの？」

ハーラルトは底意なく無邪気に尋ねているようだけれど、フェリクス様は彼の一言一言にピリピリしているようで、眉間の皺がどんどん深くなっていった。

何が原因かは分からないけれど、これ以上兄弟で争ってほしくなかったため、私はフェリクス様に同意するような答えを返す。

「もちろん、ハーラルトは大きくなったのだから、あなたに小さな子どもの役を求めようとは思わないわ。でも、私のことを姉と呼んでくれるのはこの世で二人しかいないから、そう呼んでもらえると嬉しいわ」

口にしたことは事実だった。

私のことを姉と呼んでくれるのは、世界中を探してもクリスタとハーラルトしかいないのだ。

「……そうか、そうだよね。お義姉様と僕をつなぐ特別な絆を表しているから、お義姉様と呼ぶのが正解だね。何たって、『お姉様』ではなく『義理のお姉様』だからね」

そう言うと、ハーラルトはにこりと笑った。

その笑顔は無邪気なものだったため、10年前の彼を彷彿とさせる。

嬉しくなった私は、親しみを込めてハーラルトに笑いかけた。

「ハーラルト、10年の間に驚くほど大きくなったのね。お義姉様と呼んでほしいと要望したけれど、あなたの方が頭一つ分大きいのだから、実際に呼ばれるとくすぐったい思いだわ」

ハーラルトはフェリクス様と比べると、頭半分ほど背が低いけれど、私にとっては見上げるほどの背の高さだった。

私の言葉を聞いたハーラルトは、楽しそうな笑みを浮かべる。

「ルピアお義姉様、気付いている？　僕は16歳になったんだよ。フェリクス兄上があなたと結婚した時と同じ年齢だ」

「えっ、まあ、その通りだわ」

言われてみれば、ハーラルトの言う通りだった。

改めて長い年月が経過したことを実感し、驚いて目を見張る。

そんな私に、ハーラルトは楽しそうに続けた。

「あなたは結婚した時と同じで、まだ17歳のままだよね。だから、……今の僕たちの年齢は、初めて出会った時の兄上とお義姉様の年齢と同じだね」

＊＊＊

「確かにそうね」

指摘されて気付いたけれど、ハーラルトが16歳、私が17歳というのは、私が結婚した時のフェリクス様と私の年齢と同じだ。

面白い偶然ねと顔をほころばせていると、ハーラルトが屈託なく微笑んだ。

「お義姉様は僕が16歳になるのを待って、目覚めたのじゃないかな。そうだとしたら、運命だよね。こうなったら兄上との結婚は早々に解消して、僕と最初からやり直してみるのはどうかな？」

「ハーラルト！」

ハーラルトが無邪気に言葉を発した瞬間、フェリクス様が鋭い声を上げる。

そんな兄に対し、ハーラルトはにこりと子どものように微笑んだ。

「よく分からないけど、お義姉様がこれほど長く眠っていたのは、兄上と顔を合わせたくなかったからじゃないのかな。でもね、お義姉様には極上の幸福しか似合わないよ。いつだって、幸せそうに笑っているべきだ。だから、兄上ができないのならば、僕が極上の幸せを捧げるよ」

フェリクス様がぎりりと奥歯を噛みしめたけれど、ハーラルトは気にする様子もなく私に向き直る。

「僕が相手だったら、全ては上手くいくよ。生まれてくる子どもは僕にもそっくりだろうから、誰もが僕の子だと思うはずだ。それに、兄上が偏屈で、誰もが恐れる覇王であることは周知の事実だから、そんな兄上と妖精のようなお義姉様が上手くいくはずないと皆思っている。別れたと聞いても、すぐに納得するよ」

歯に衣着せず、好き勝手なことを言うハーラルトに目をぱちくりさせていると、フェリクス様が私を抱きしめる腕に力を込めた。

「ルピアは私の妃だ！　彼女が産むのは私の子だ！　妻がほしければ、別の女性を探せ」

フェリクス様はそう言うと、私を誘導して元いた席に座らせる。

それから、彼自身もいつもの席についたため、給仕係が慌てた様子で彼の席に食器をセットした。同様に、ハーラルトも晩餐のテーブルについたので、さらにもう1セットの食器が運ばれる。

ハーラルトはフェリクス様が話題を終了させたことを敏感に感じ取ったようで、兄の強張った顔をちらりと見た後、運ばれてきた料理に視線をやった。

それから、雰囲気を変えるかのように明るい声を上げる。

「はー、今日中にお義姉様に会いたいと思って、最後は馬を駆け通しでここまで来たから、お腹がぺこぺこだよ。お義姉様の顔を見たことで疲れは吹き飛んだけど、空腹は別みたいだ。あれ、クリスタ姉上はいないの？」

不思議そうに尋ねるハーラルトに、一拍遅れてフェリクス様が返事をした。

「……ルピアが晩餐室で晩餐を取り始めたのは昨日からだ。クリスタは話し過ぎてルピアを疲れさせる恐れがあるため、しばらくは同席させないことにした」

「兄上……。普段は有能なのに、何でこうお義姉様が関わると馬鹿になっちゃうんだろうな。それさあ、もっともらしいことを言っているけど、結局はお義姉様を独占したいだけでしょう」

呆れた様子で感想を述べるハーラルトを、フェリクス様がぎらりと睨み付ける。

そのあまりの迫力に、ハーラルトは片手でぱしりと口を押さえた。

「はいはい、黙りますよ。これ以上暴君様の機嫌を損ねて、追い出されたら敵わないからね。僕は一日近く何も食べていないから、本当にお腹がぺこぺこなんだ」

ハーラルトはそう言うと、もう一方の手で哀れっぽくお腹を撫で回したけれど、フェリクス様に酷い言葉を投げつけたことを気にしているようには見えなかった。

一方のフェリクス様も、ハーラルトの悪口を咎める様子は見られなかったので、二人は仲がいいのねと思う。

基本的に王というのは絶対性を確立するため、他人からの批判や悪口を厳しく咎め立てするものだけれど、ハーラルトに好きに発言させているフェリクス様は懐が深いのだろう。

……そう、フェリクス様は王としては驚くほど優しいのだったわ。

10年前のことを思い出して笑みを浮かべていたところ、ふとハーラルトから見つめられていることとに気付く。

ハーラルトに視線を合わせると、彼は尋ねるように首を傾げた。

「黙るって約束したけど、一言だけ言ってもいいかな。顔を見た瞬間に言うのはどうかなと思って胸の中にしまっていたけど、やっぱり我慢できないみたいだ」

「何かしら？」

10年振りに逢ったのだから、一言だけではなく、もっとたくさん言ってもらっても構わないのだけど、と思いながら聞き返す。

すると、ハーラルトは太陽のように明るく笑った。

「お義姉様はすごく綺麗だよ！　もちろん、昔からものすごく綺麗だったけど、当時の僕は幼過ぎて、その魅力に気付かなかったみたいだ。うん、『覇王の隠し妖精姫』と言われるだけのことはあるね」

「えっ？」

ハーラルトから容姿に関する褒め言葉が発せられたため、びっくりして目を丸くする。

目覚めてから十日ほどが経過したので、少しは肉が付いたのかもしれないけれど、それでもこの10年の間に、私の全身は枯れ木のように細くなったのだ。

綺麗だとか魅力的だとかいった言葉は、当てはまらないはずだ。

「まあ、ハーラルトったら、女性を見たら褒めなければならないと考えているのかもしれないけど、私は家族だから気を遣う必要はないわ。……でも、ちっちゃなハーラルトが女性を褒めるようになるなんて成長したのね」

朗らかにそう答えると、ハーラルトはぷうっと頬を膨らませる。

「お義姉様、年頃の青年にそんなことを言ってはダメだよ。僕は真剣に言っているのだから、冗談にしないでほしいな」

その表情を見て、まだまだ子どもねと可愛らしく思ったけれど、口に出すと拗ねられそうだったため、心の中にしまい込む。

「ふふ、ごめんなさい。これまで私を褒めてくれるのはフェリクス様だけだったから、照れているのかもしれないわね。いずれにしても、私を褒めてくれるのは家族だけだわ」

「家族……」

なぜだかフェリクス様が感動した様子で、頬を赤らめた。

その様子を横目に見たハーラルトが、呆れたように肩を竦める。

「兄上はそんな単語一つで満足してしまうのか。うん、相変わらず奥手のようだね。これならば、僕の出番があるのかもしれないな」

✿ ✿ ✿

翌日、ハーラルトが改めて私の部屋を訪れてくれた。

その際、クリスタも一緒だったため、二人が幼かった10年前を思い出して懐かしさに襲われる。

「二人で来てくれるなんて、まるで10年前に戻ったみたいね。今日はバドもいるのよ」

そう言いながらリス姿になったバドを示すと、二人は嬉しそうに頬を緩めた。

「わあ、久しぶりにリス姿のバド様を見たわ！　聖獣様の姿の時は神々しいけれど、リス姿も可愛らしくてとっても素敵ね」

「バド様、お久しぶりです。ハーラルトだよ」

そう言いながら、二人でわしゃわしゃとバドを撫で回す。

バドはまんざらでもなさそうな顔で、二人の好きにさせていた。

それから、ぴょいと私の肩に乗ってくると、ぴょこぴょこと尻尾を動かす。

かつてよく見ていたバドの仕草を目にした二人は、楽しそうな歓声を上げた後、テーブルに備えてある椅子に座った。

すかさずミレナがお茶を淹れてくれる。

「ハーラルト一人の訪問だと思っていたから、二人で来てくれてとっても嬉しいわ」

元々の予定では、ハーラルトの訪問だけを告げられていたのだ。

そのため、笑顔でそう言うと、ハーラルトは不満げに頬を膨らませた。

「僕は一人でお義姉様を訪ねようと思っていたんだけど、我が家の心が狭い暴君から、僕一人でのお義姉様への接近を禁止されたんだよ」

「えっ？」

昨夜の晩餐の席で、ハーラルトはフェリクス様のことを『暴君』と呼んでいた。

恐らく、今彼が口にした『我が家の心が狭い暴君』というのも、フェリクス様のことだろう。

むくれるハーラルトに対して、クリスタは嬉しそうに両手を叩く。

「ハーラルトには悪いけど、私にとっては僥倖だわ！　おかげで、私に出ていたお義姉様への接近禁止が解かれたんだから。どうやら私がしゃべり過ぎて、お義姉様を疲れさせることを心配していたみたいだけど、私だってそこまで好き勝手にぺらぺらしゃべらないわよ！」

「まあ、それは晩餐の時だけの話ではなかったの？　だとしたら、フェリクス様は少し誤解しているようね。クリスタと話をすると元気をもらえるのだと、彼に説明しておくわね」

どうやらフェリクス様はこの10年間で、大変な心配性になったようだ。

そのため、クリスタがおしゃべり好きというだけで、私から遠ざけられてしまったことに申し訳なさを覚える。

今後、フェリクス様に取りなすことをクリスタに約束すると、私はハーラルトに向き直った。

彼は私を見て、嬉しそうな笑みを浮かべる。

体は見上げるほどに大きくなって、言動も大人びたけれど、無邪気な笑顔は10年前と変わらなかったため、そのことが無性に嬉しくなる。

「ハーラルトは大きくなったけど、根っこのところは変わっていないのね」

私の言葉を聞いたハーラルトは声をあげて笑った。

「そう言ってもらうのが一番嬉しいと、言われて初めて気が付いたよ！　そうか、僕は10年前と変わっていないいんだね」

笑顔でそう返してきたハーラルトに頷くと、私は気になっていたことを聞いてみる。

「ハーラルトは旧ゴニア王国の総督になったと聞いたのだけど、責任者が現場から離れても大丈夫なの？　私はあなたに会えて嬉しいけれど、スターリング王国に戻ってきて問題なかったのかしら？」

「あの地には有能な部下が何人もいるからね。1、2週間くらい僕がいなくても何とかなるよ」

ハーラルトは問題ないと請け合ったけれど、すかさずクリスタが口を差し挟んできた。

「その割には、お兄様に怒られていたじゃない」

ハーラルトは嫌なことを聞いたとばかりに、顔をしかめる。

「クリスタ姉上、言い付けないでよ。そして、兄上に怒られるのは仕方がないことだよ。兄上に相談することなく、僕が勝手に戻ってきたんだから。でも、お義姉様が目覚めたと聞いたのだから、全てを捨て置いて戻ってくるに決まっているよね」

当然のことのように発言するハーラルトの言葉を聞いて、現場の方々に申し訳なく思いながらも嬉しさを感じる。

クリスタと同じように、ハーラルトも10年間眠っていた私のことを受け入れてくれるのだと感じることができたからだ。

けれど、一方では、ハーラルト自身で重要な事柄を決断し、行動している姿を目の当たりにしたことで、10年の歳月が流れたことを実感する。

「ハーラルトは立派になったのね」

しみじみとそう漏らすと、彼はぱっと顔を輝かせた。

「お義姉様がそう思ってくれるなんて、とっても嬉しいな！」

それから、おどけた調子で両手を広げる。

「僕も常々、自分は頑張っていると思うんだけど、兄上が立派過ぎるから、誰もが僕に対して、『よくやっていますね』としか言わないんだよ。それって、褒め言葉じゃないよね？」

「ええと、どうかしら。人によっては褒め言葉だと思うけど、分かりにくいかもしれないわね」

慰めるようにそう言うと、ハーラルトが拗ねた様子で口を尖らせた。

「僕の出来が悪いんじゃなくて、兄上がすご過ぎるんだよ。元々、何十年もゴニアと国境問題で揉めていたのに、その国を併合したどころか、さらにネリィレド王国まで自国のものにしてしまったんだから。そんなの普通、10年ぽっちでできるはずもない偉業なんだから、そこを基準にすることが間違っているよね」

確かにハーラルトの言う通りだ。

たった10年で2国を併合するなんて、過去の歴史を紐解いてみても、達成できた事例はまず見つからないだろう。

そんな滅多にない偉業を基準にされるのは、ハーラルトにとって酷な話に違いない。

そもそも一人ひとり得意なことや、苦手なことは違うのだから、いつだってフェリクス様と比べられるのは苦しいことのはずだ。

「ハーラルトにはハーラルトのいいところがあるわ。あなたは優しいし、太陽のように明るいから、一緒にいると誰もが楽しい気持ちになるのよ」

熱心にそう言うと、ハーラルトは笑顔になった。

「ふふふ、ルピアお義姉様は本当にいいことを言うね！　ああー、お義姉様の言葉を聞くと、僕は元気になるよ」

にこにこと笑みをたたえる姿を見て安心した私は、2国を併合したと聞いた時から疑問に思っていたことをぽつりと口にする。

「でも、フェリクス様は決して好戦的な方ではないはずなのに、どうして戦争になったのかしら？」

ハーラルトが「ああそれは」と顔をしかめた。

「ゴニアが兄上に毒蜘蛛を仕掛けたからだよ。あの事件の実行部隊を捕らえて色々と白状させ、ゴニアに放っていた密偵の報告を受けたことで、ゴニアの直接関与が明らかになったんだ。兄上にとったら自分を殺しかけた国なのだから、許すはずもないよね」

　まるで聞いてきたかのようにぺらぺらとしゃべり続けるハーラルトを前に、クリスタが口をへの字にする。

「ハーラルト、それはあなたの推測でしょう。その話は直接お兄様からしてもらった方がいいんじゃないかしら」

　そうだったわ、クリスタは以前もフェリクス様に尋ねるようにとアドバイスをしてくれたのだったわ。

「ごめんなさい、尋ねたのは私だわ。クリスタが以前アドバイスしてくれた通りに、フェリクス様に尋ねるつもりだったけれど、あまりに何も知らない状態だと、失礼に当たるかもしれないと心配になったの。でも、クリスタの言う通り、フェリクス様の考えは彼にしか分からないのだから、本人に尋ねてみるわね」

　私が色々と考えるよりも、クリスタのアドバイスに従って、本人に尋ねてみた方がいいようだわ、と考えながらそう答える。

　クリスタとハーラルトは私の心情を汲み取ってくれたようで、「それもそうね」、「事実を知っておくことは大事だよね」と頷いた後、参考になるようにと、10年前と現状との相違について語ってくれた。

　二人の話によると、北側に位置していたゴニア王国とネリィレド王国を併合したことで、現在のスターリング王国は10年前と比べて4倍の広さになったとのことだった。

そして、ネリィレド王国を領土の一部にしたことで、私の母国であるディアブロ王国と隣接する形になったらしい。

「隣同士とは言っても、我が国の王都は変わらないし、新たな街道が整備されたわけでもないから、ディアブロ王国までの距離は変わらないんだけどね」

ハーラルトはそう言ったけれど、別の国を経由しないでいいというのは、すごく大きなことだ。

ただ……。

「それぞれの国の民たちはどう思っているのかしら？」

戦争によって苦労するのは、いつだって国民だ。

ゴニア王国とネリィレド王国の民はどんな状態なのかしら、と疑問に思って質問する。

すると、クリスタが鼻の頭に皺を寄せた。

「戦争をしたのだから、誰もがいい気分ってわけにはいかないわよね。でも、お兄様はスターリング王国の言葉の使用を強要することもなければ、宗教や慣習を押し付けることもなかったの。そして、その2国は国土が痩せていて、食べる物にも困っていたから、お兄様の政策で命が救われた人々が大勢いるのよ」

ハーラルトも肩を竦める。

「そういうのは伝わるものだからね。命を救われて、昨日よりもいい暮らしになったのだから、まあいいかと思って受け入れているみたいだね」

◇ ◇ ◇

それから、話題は二人のことに移っていった。

「クリスタは19歳に、ハーラルトは16歳になったのよね。二人も結婚の予定はないの？」

王族にとって、結婚はとても重要な事柄だ。

先日、クリスタがハーラルトともに自由恋愛の権利をもぎ取ったと言っていたけれど、その権利は行使されているだろうか。

そう考えての質問だったけれど、途端にクリスタが渋い顔で唸り始める。

「うーん、お義姉様、絵本の中にいるような夢見る王子様は、一体どこに隠れているのかしら？」

「えっ、それは……クリスタだけの王子様だから、クリスタにしか隠れ場所は分からないのじゃないかしら」

「まあ、お義姉様ったらいいことを言うわね！　そうね、私以外の者が隠れ場所を見つけたとしたら、それはもう私だけの王子様ではないわね」

納得したように頷くクリスタに対して、ハーラルトは脱力した様子でテーブルに突っ伏した。

「クリスタ姉上はいつまでも夢を見ていられるからすごいよね。僕はもう夢見ることを諦めちゃったよ」

「ハーラルト？」

一体どうしたのかしらと心配になって名前を呼ぶと、彼はテーブルに突っ伏したままくぐもった声を出す。

「だって、今やこの国以上の大国は、大陸にないのだもの。スターリング王国は有名になり過ぎたから、そこの王弟だと自己紹介をしたら、10割の確率で色眼鏡で見られるんだよ」

「まあ」

そうだったわ。先ほども説明されたように、フェリクス様はこの10年の間に2国を併合して、スターリング王国を大国に作り上げたのだ。

そして、大国の王女であった私は、大国の王族が他国からどれほど丁重に扱われるかについて、幼い頃から身をもって体験してきたためよく知っていた。

「兄上はこの国を大国にし過ぎたんだよ。この国には今や何だって揃っているから、魅力的過ぎて、誰もが目が眩んでしまう。たくさんの女性たちが僕の前に列をなしたが、皆はこの国の王太弟という僕の立場しか目に入っていないんだ」

フェリクス様が王になった時から、ハーラルトは次期王位継承者である王太弟の立場にあり、それは今もって変わっていないとのことだった。

ハーラルトの前に現れた女性たちの中には、彼の立場に魅力を感じた者がいるかもしれないけれど、全員がそうというわけではないだろう。

「そんなことないわ。ハーラルトが大国の王太弟だとしても、あなたに魅力を感じなければ、お近付きになりたいとは考えないはずよ」

きっぱりと言い切ると、顔を少しだけ上げたハーラルトが眩しそうに目を細めた。

「うん……そんなことを言うのは、お義姉様くらいだよ。そもそもお義姉様以外の者が同じことを言ったとしても、僕は素直に受け入れられないだろうね」

「えっ？」

純真なハーラルトらしくないセリフを聞いて、驚いて聞き返す。

すると、ハーラルトは伸ばした手で握りこぶしを作り、こんこんとテーブルを叩きながら言葉を続けた。

「今やこの国にはすごい力が集まっているし、王族の権能の大きさといったらただ事じゃないからね。そして、そういった力を熱心に欲する者は大勢いるんだ。特に上位貴族や王族になるほど顕著になるんじゃないかな」

それは私も幼い頃から感じていたことだったため、その通りねと頷く。

「ハーラルト、あなたの言う通りだわ」

「全てを従わせて思い通りに動かすことは、とても気持ちがいいものだ。最上級の美酒のように人を酔わせる。だからね、突然、僕の周りには、酔っぱらった女性たちが集まり出したんだ。だが、近付いてきた目的があまりにも見え見えじゃないか。もしもスターリング王国が凋落《ちょうらく》したら、彼女たちはあっという間に僕の前からいなくなってしまうだろう」

ハーラルトは体を起こすと、疲れた様子でだらりと椅子にもたれかかった。

「そんな権力欲にまみれた女性に側にいてほしいとは、これっぽっちも思わない。彼女たちは本心を隠して、綺麗な言葉を連ねてくるけど、だからこそ気持ちが悪く感じるんだ。腹の中で何を考えているのかが一切見えない相手と、一緒に暮らせるはずもないし。そんな相手と結婚したら、いつ寝首を掻かれるのかと、毎日ビクビクし続けないといけないよ」

スターリング王国が大きくなったために新たな悩みを抱えたハーラルトはため息をつくと、そのきれいな瞳で私を見つめてきた。

「そうやって考えると、ルピアお義姉様はすごいよね。大国の王女として、幼い頃から同様の恩恵を享受してきて、大国の王族が持つ権能の大きさと価値を誰よりも理解しているのに、一切執着しないのだから。お義姉様の存在は奇跡だよ」

「まあ、私が権力に執着しないというのは、ハーラルトの推測でしょう？　私は意外と欲深いかもしれないわよ」

あまりに私に夢を見過ぎているように感じたため、わざと怖い顔をしてそう言うと、ハーラルトは呆れた様子で頭を振った。

「この国の頂点にいるのは兄上だよ。権力が好きならば兄上に取り入って、気に入られようとするはずだが、目覚めて以降のあなたは兄上から一歩引いているじゃないか」

「一歩引いているというのは……」

当たっているわね。

10年前の私は、魔女として心からフェリクス様に恋をしていたから、彼の顔に笑みが浮かぶようにと、ほんの少しでも幸せになりそうなものを見つけると、せっせと彼のもとに運んでいた。

その際、フェリクス様の邪魔にならないように、まとわり付き過ぎないように、と気を付けていたけれど、今思えば、それでも彼の側にい過ぎたのかもしれない。

一方、最近はフェリクス様と適度な距離を保つことができており、私も四六時中彼に付きまとうことはしてない。

だから、結果として、フェリクス様も快適に過ごしているのではないかしらと思うのだけど、そんな新たな関係になったことを、ハーラルトはどうやって知ったのかしら？

私の疑問は顔に出ていたようで、ハーラルトが苦笑する。

「不思議そうな顔をしているけど、僕に洞察力があるわけではなく、誰だって気付く話だよ。もしもお義姉様が以前と同じような態度でいるのならば、今頃この宮殿の半分は、兄上からお義姉様への贈り物で埋め尽くされているはずだからね。そうでないのは、あなたが受け取らないか、あるいは、そもそも贈り物ができるような雰囲気を醸し出さないから、兄上が我慢しているってことでしょう？」

「えっと、宮殿の半分が贈り物で埋め尽くされるの？」

突然、ハーラルトが荒唐無稽なことを言い出したため、目をぱちくりさせていると、それまで黙って話を聞いていたクリスタが同意を示す。

「ふふっ、お義姉様はハーラルトがおかしなことを言い出したと思っているようだけど、彼の言う通りよ。そもそもこの10年間、お義姉様が眠りっぱなしだったことを誰も気付かなかったのは、お義姉様に対するお兄様の執着が尋常じゃなかったからよ。だからこそ、誰だってお義姉様は衰弱しているだけで、お兄様としゃべったり、笑ったりしていると思われていたのだわ。眠り続けている相手の側に四六時中くっついているなんて、常識では考えられないもの」

クリスタの言う通り、目覚めて以降のフェリクス様は、空いている時間の全てを私に使ってくれるし、私の反応にすごく注意を払ってくれる。

でも、それだけではなく、眠り続けていた私の側にもずっといてくれたのだろうか。

「お兄様はお義姉様に最上の物を捧げたいと思っているから、お義姉様さえ許してくれるのなら、世界中から色んな物を集めてきて、跪いて差し出すこと間違いないわ」

あまりにも大げさな物言いに困惑したけれど、スターリング姉弟は当然のことだとでも言うかのように真面目ぶって頷いた。

「姉上の言う通り、兄上のお義姉様への執着は酷いものだよ。それを感じ取れないのだとしたら、兄上があなたの前で必死に我慢しているのだろうね。嘘だと思うなら、『フェリクス様の髪色の宝石が欲しい』とでも言って、ウィンクしてみたらどう？　翌日には、この部屋が全て貴石で埋め尽くされるから」

　この部屋が全て埋め尽くされることはあり得ないけれど、もしもそのような言葉を口にしたら、本気にしたフェリクス様が宝石を1個か2個は手配するかもしれない。

　そう考えて、困ったように眉を下げると、ハーラルトがおかしそうに微笑んだ。

「ふふっ、お義姉様は欲深いんじゃなかったの？　だとしたら、この部屋いっぱいの貴石を強請《ねだ》ることは、当然の行為じゃないかな」

「…………」

　先ほど、ハーラルトに対して発した言葉が、自分に返ってきてしまった。

　言葉が見つからずに黙っていると、ハーラルトは明るく微笑んだ。

「ほーらね、お義姉様はちっとも欲深くないじゃない。だからこそ、僕は魅かれるのだろうね」

　そう言うと、ハーラルトは頬を染めて私を見つめてきた。

「さっきも言ったように、女性たちは皆、スターリング王国の権能の大きさに引きつけられて執心するけれど、僕自身が着目されることはないんだ。僕を僕として見てくれるのはお義姉様だけだ」

「ハーラルト……」

　何と言えばいいのか分からず、困惑して名前を呼ぶと、ハーラルトは昔を思い出すかのように目を細めた。

「幼い頃の僕にとって、お義姉様はとっても綺麗なぴかぴかのお姫様だった。可愛らしくて、決して僕を邪険にしない優しいお姫様」

そこでいったん言葉を切ると、ハーラルトは熱っぽい目で見つめてきた。

「僕にとって、あなたは今も変わらずお姫様だよ」

27・フェリクス様の10年間

私室で赤くなった頬を両手で押さえていると、ミレナから質問された。

「窓を開けて、部屋に風を入れましょうか？」

「そうね、お願いできるかしら。だけど、心配しないでね。熱があるわけではなく、感情的に高ぶって頬が赤くなっているだけだから」

クリスタとハーラルトと一緒にこの部屋で話をしていた間、ミレナもずっと同じ部屋に控えていた。

そして、一部始終を目にしていたため、ハーラルトについての感想を漏らす。

「男の子の成長は早いのね。ハーラルトがまるで王子様のようなことを言うから、ドキリとしてしまったわ」

というよりも、実際に彼は年若い王弟だから、王子様と同じようなものだろう。

開いた両手でぱたぱたと顔を扇いでいると、窓を開け終わったミレナから物言いたげに見つめられる。

「どうかした？」

「いえ、ハーラルト殿下のお言葉は冗談ではなく、本気だったように見受けられました。言うまでもないことですが、ルピア様の未来は一つに定まっていません。明るくて楽しい道がいくつも用意されているはずです。ルピア様はその中から、お好きなものを選ばれればいいのですよ」

「まあ」

ミレナは私贔屓が酷過ぎて、存在しないものを見ているわ、とおかしくなる。

けれど、恋愛の話題になったことで、目覚めて以来の懸念事項が思い出され、躊躇いながら口を開いた。

「ミレナ、実はずっと気になっていたことがあるの。ただ、とても不躾な質問だから、嫌だと思ったら答えないでちょうだいね」

「はい」

「その、あなたは結婚しているのかしら？　もしも独身だとしたら、どなたかに嫁ぎたいという気持ちはないの？」

私が嫁いできた時、ミレナは16歳だった。

そのため、今は28歳になっているはずだ。

侯爵家の令嬢であるミレナが28歳まで独身だとしたら、由々しき事態だ。

そして、その理由が、私が眠り続けていたことだとしたら、私は何としても彼女に素晴らしい嫁ぎ先を準備しなければならない。

そう考えながら、息を詰めて返事を待っていると、ミレナはあっさりと否定の返事をした。

「いいえ、私は独身です。これまで嫁ぎたいと思うようなお相手はいなかったので、一度も結婚したことがありません」

「まあ、ミレナ！」

間違いないわ、彼女が独身なのは私が眠り続けていたせいだわ。

きっと責任感の強い彼女は、私の世話をすることを第一に考えて、自分の結婚まで考えが回らなかったのだろう。

彼女の兄のギルベルト宰相も、結婚について気を回すタイプには見えないから、気付いたら独身のまま、今まで過ごしてきたのではないだろうか。

もちろんミレナの希望ならば独身のままでも構わないけれど、恐らく彼女には既婚か独身かを選択できるような環境が与えられなかったに違いない。

こうなったら、彼女が結婚する気になり、幸せになれるようなお相手を用意しなければいけないわ、と泣きそうな気持ちになっていると、ミレナは「ですが」と言葉を続けて握りこぶしを作った。

「最近になって、突然、結婚願望が湧いてきました」

「えっ！」

私は飛び上がらんばかりに驚いて、ミレナを見つめる。

もしかして素敵な出会いがあったのかしら、と期待して次の言葉を待っていると、彼女は思ってもみないことを言い出した。

「もしも私がルピア様に先んじて出産していれば、ルピア様のお子様の乳母になれたかもしれないと思い至り、悔しさを覚えたのです。ですが、この悔しさをバネにして、次のお子様の時にはぜひルピア様よりも早く出産して、お子様の乳母になりたいと思います！」

「ミ、ミレナ、結婚はそういう理由でするものではないと思うわよ」

とんでもない理由を聞いて、どぎまぎしながら答えると、ミレナはきっぱりと言い切った。

「そういう理由でもない限り、私が結婚しようと思うことはありませんわ！」

「ま、まあ、そうなのね」

彼女の表情が決意に満ちたものだったので、同意することしかできずに大きく頷く。

すると、ミレナは考えるかのように首を傾げた。

「ただし、昨日になって、もう少し様子を見た方がいいのかもしれないと思い直しました。ルピア様が兄やビアージョ総長と交わされた会話を聞いて、ルピア様が離縁して、この国を出る可能性があることに気付いたからです。そうであれば、この国の男性と結婚することはやめておくべきでしょう」

ミレナの言葉から一つの可能性に思い当たり、びっくりして質問する。

「えっ、ミレナ、あなたはディアブロ王国まで付いてきてくれるの？」

「はい、ルピア様のお許しがいただけるのであれば、どこまでも付いてまいります」

当然だとばかりに頷くミレナを見て、いいのかしらと思いながらも、胸の中に嬉しさが込み上げてくる。

「あなたが付いてきてくれるのならば、これ以上に嬉しいことはないわ！　まあ、ディアブロ王国だったら、私にもたくさんの伝手があるわよ。お父様やお兄様にも協力してもらって……あら、そういえばお兄様はご結婚されたのかしら？　もしも独身ならば、お兄様がお相手という手もあるわね。もちろん、ミレナが気に入ればの話だけれど」

お兄様は30歳になっているはずだから、28歳のミレナとは2歳の年齢差となるはずで、ちょうどいいのじゃないかしら。

そう考えながら顔を上げると、開いた扉の前で棒立ちになっているフェリクス様と目が合った。

「……ノックをしたのだが、君たちは話に夢中で聞こえなかったようだな。私にしても、返事がないことが心配になり、許可を待たずに扉を開けてしまった。すまない」

そう口にしたフェリクス様は、珍しく別のことを考えている様子で、私の返事を待つことなくふらふらと部屋に入ってきた。

それから、立っていられないとばかりに、倒れ込むようにソファに座り込む。

その顔色は酷く悪かったため、体調が悪いのかしらと心配になった。

「もしかしてフェリクス様は、体調が悪いのではないかしら？」

手を伸ばして彼の額に当てると、通常よりも体温が低いように思われる。

「まあ、寒くはない？　今、温かい飲み物を準備させるわね」

彼の額に触れていた手を引っ込めようとすると、がしりとその手を摑まれた。

それから、フェリクス様は縋るように私を見つめてきた。

「ルピア、もしも君がディアブロ王国へ行くのならば、私も付いて行っていいかな？　私は案外何だってできるから、それなりに役に立てると思うよ」

✿　✿　✿

「ディアブロ王国に付いてくる？」

私は目を見開いてフェリクス様を見つめた。

一国の王が何を言っているのかしら、と驚いたからだ。

もちろんそんなことができるはずもないから、これはフェリクス様の冗談なのだろうけれど、どうしよう。どの辺りが冗談なのかが、ちっとも分からないわ。

私は曖昧に微笑むと、無難な答えを返す。

「それは、ディアブロ王国に力添えしてくれるということかしら？　フェリクス様の政治的手腕が素晴らしいことは、部屋に引き籠ってばかりの私の耳にも届いているわ」

そう言いながら、ミレナに開けてもらった窓を再び閉めてもらうとともに、温かい飲み物を淹れてもらう。

「フェリクス様、お時間は大丈夫なの？　昼食の時間だから、何か軽いものを運ばせるわね」

ここ最近、フェリクス様がお昼に現れるときは必ず、昼食を削って時間を捻出していることに気付いたため、紅茶を出し終わったミレナに目配せすると、彼女は一礼して部屋を出て行った。

「ルピア」

フェリクス様はどこか物悲しい様子で私の手を握ってくると、俯いたまま口を開く。

「もちろん生まれた国ほどに心地いい場所はないから、君が母国へ戻りたい気持ちは理解できる。だが、たとえば年に何度か里帰りをするといった形ではダメだろうか？」

それはフェリクス様がディアブロ王国に一緒に付いてくる、という提案よりは現実的だったものの、私がこの国に残ることが前提になった質問だった。

けれど、私はこの国に残って、フェリクス様が新たな王妃を迎えるのを見たくないのだ。

そう考えて返事ができずにいると、彼は顔を上げて私を見つめてきた。

「ルピア、一旦、君が私と別れるという考えを横に置いてもらえないかな。君の言う通り、スターリング王国国民の虹の女神信仰は根強い。しかし、3色の虹色髪の私が王となっているのだから、これ以上は必要ない。私はレストレア山脈の積雪のように白く輝く君の髪を、非常に美しいと思うよ」

それは本当に優しい言葉だった。

この国において虹色髪に価値があることは紛れもない事実だから、そのこと自体を否定できるはずもないのだけれど、それとは異なるところで、彼は私のいいところを見出して褒めてくれたのだから。

「フェリクス様はとても優しいのね」

思ったままのことを口にすると、彼は言葉に詰まる様子を見せた。

「そうでもない。……いつだって君に優しくしたいと思っているが、できていないこともあるのだから」

フェリクス様はそう言ったけれど、目覚めて以降、一つだって嫌なことをされた覚えがなかったために首を横に振る。

「そんなことはないわ」

すると、フェリクス様は言いにくそうに言葉を続けた。

「君が私から自由になりたがっていることは理解しているが、どうしても……手放すことができない」

彼の言葉を聞いた私は、びっくりして目を丸くする。

「フェリクス様、自由になるのは私でなくあなただわ。あなたは優しくて責任感が強いから、身代わりとなった私に申し訳ない気持ちを抱いていて、どうにかして埋め合わせをしたいと考えているのじゃないかしら。でも、私は見返りがほしくて身代わりになったわけではないの」

「分かっている。そして、私の命を救ってくれたことに心から感謝している。しかし、側にいてほしいのは私のためだ！　私は君から自由になりたくなどない！　雁字搦めにされたいんだ!!」

フェリクス様は強い口調で訴えたけれど、すぐにはっとした様子で、「大きな声を出してすまない」と謝罪してきた。

それから、落ち着こうとでも言うかのように、膝の上で両手をぎゅっと組み合わせる。

「ルピア、君はこの国をじっくり見ると約束してくれた。私は10年かけて、この国を作り変えたつもりだ」

彼がこの10年で色々なことを成し遂げたことは、クリスタやハーラルトを始めとした多くの者から聞いていた。

いい機会だから、その話をフェリクス様の口から聞きたいなと思う。

「ええ、よかったらフェリクス様がこの10年間で何を変化させたのかを教えてもらえるかしら？」

2国を併合した話から晩餐会や舞踏会を開かなくなった話まで、聞きたいことはたくさんあるのだ。

「あっ、でも、フェリクス様はお忙しいから、お時間がある時に改めてうかがった方がいいわね」

フェリクス様は昼食を抜いてまで時間を作っているのだから、忙しくないはずがない。

そのことを思い出したため、慌ててそう提案したけれど、彼は首を横に振った。

「いや、午後の予定は書類仕事だけで、急ぎの案件はない。せっかく君が聞いてくれるのだから、今話をしたい」

◇　◇　◇

「私の話の中には、君にとって聞くのが辛い話があるかもしれない。その場合は、すぐに教えてくれ。速やかに話をやめるから」

フェリクス様はそう前置きをすると話を始めた。

けれど、聞き始めてすぐに気付くほど、フェリクス様は言葉も話題も選んでいて、私の負担にならないようにと気を遣ってくれていた。

途中でミレナが戻ってきて、話しながらでもつまめるような料理をテーブルの上に並べたけれど、話に熱中していた彼が手に取ることはなかった。

「それから……既に聞き及んでいるかもしれないが、我が国の領土が増えたのだ。ゴニア王国とネリィレド王国を併合したからね」

「ええ」

ハーラルトの話によると、10年前、フェリクス様に毒蜘蛛を仕掛けたのはゴニア王国とのことだった。

だからこそ、殺されかけたフェリクス様があの国と戦ったのだと。

「10年前にフェリクス様は毒蜘蛛に噛まれたけれど、その蜘蛛はゴニア王国の者が放ったと聞いたわ」

「ああ、そうだ！　そのせいで何の罪もない君が毒を受け、苦しみ、長い間眠り続けたのだ」

まるで昨日起こったことのように激しい調子で同意するフェリクス様を見て驚いたけれど、話がズレたように思われたため修正する。

「えっ、ええ、そうね。でも、元々毒を受けたのも、苦しい思いをしたのもフェリクス様だわ」

フェリクス様は唇を歪めると、首を横に振った。

「私が受けた苦しみなど、せいぜい数時間程度だ。物の数にも入りはしない。そうではなく、ルピア、君が苦しんだのだ」

フェリクス様ははっきりと最後まで言わないけれど、まさか苦しむ私の敵討ちをしようという気持ちがいくらかあったのかしら。

「ネリィレド王国は……」

おずおずと先を促すと、彼は苦々し気な表情を浮かべた。

「ああ、あの国こそが黒幕だった。ゴニアとネリィレドの王室は婚姻にて何代も前から強く結びついていたからね。そして、ネリィレド王国は君の母国と隣接しているから、私が君を妃にしたことで、我が国とディアブロ王国が強く結びついたのではないかと危機感を抱いたらしい。地形的に2

国から挟まれた形になるからね」

「まさかそんな……」

考えもしなかった展開に驚いていると、フェリクス様は唇を歪める。

「ああ、全くもって馬鹿げた話だ。ディアブロ王国の国王にしろ、私にしろ、他国に侵略しようという気持ちなどこれっぽっちもなかったのに、何もないところに恐怖を読み取られたのだから。そして、大国ディアブロ王国への侵略は難しいとネリィレドが判断した結果、我が国がターゲットにされた。しかも、正面から向かってくるのではなく、王である私を暗殺したうえで、その混乱に乗じて攻め入ろうとしたのだ」

そう言うと、フェリクス様は感情を読み取られたくないとばかりに目を伏せた。

スターリング王国が勝利したと言っても、少なくない被害を被ったはずだ。

そのため、彼はその当時に感じた悲しみや悔しさを私に読み取られたくなかったのだろう――恐らく、私が同じように悲しみや悔しさを感じないために。

彼の優しさが伝わってきて、胸が塞がったような心地になったため、私は思わず隣に座るフェリクス様の手を取った。

「フェリクス様、ごめんなさい。あなたが大変な時にずっと眠っていて。私は目覚めて、あなたの側にいるべきだったわ。あなたが悲しい時には一緒に悲しむべきだったし、あなたが悔しいと感じた話を聞いて、感情を共有すべきだった」

その時初めて、私は自分が10年間眠り続けたことを後悔した。

けれど、私の言葉を聞いたフェリクス様は驚いた様子で顔を上げると、激しい調子で否定してきた。

「それは違う！　君は私の毒を引き受けて眠っていたのだ！　それ以上何もできるはずがないし、それ以上のことを望むはずもない!!」

そうだろうか。

多分、毒を抜くだけならば、２年ほどの眠りで済んだはずだ。

戦いがいつ行われたかは分からないけれど、フェリクス様がはっきりと時期を言わないのは、私が私の意志で眠っていた時間と重なるからではないだろうか。

「私は私の意志で必要以上の時間眠っていたわ。だから」

そのことを確認しようと口を開いたけれど、途中で遮るように抱きしめられる。

フェリクス様の体は熱く、彼の激した感情がほとばしっているかのようだった。

「君は好きなだけ眠っていいのだ！　そもそも君に長期間眠ろうと決断させた原因は私だ。そのせいで、君は親しい者たち全てと10年もの間断絶しなければならなかった。痛みと苦しみを引き受けただけでなく、さらなる犠牲を払ったのだ。……本来ならば、君には犠牲を払う必要など一切なかったのに」

「えっ、いいえ、そんなことはないわ。フェリクス様ではなく、私が決断して」

驚いて否定しようとすると、またしてもフェリクス様に言葉を遮られる。

「君がそう決断するしかないよう、私が君を追い詰めたのだ!!」

苦し気に叫ばれた言葉を聞いて、私は目を丸くした。

10年前、フェリクス様は十分なほどに優しくしてくれた。

だから、彼に追い詰められたのではなく、私が彼の邪魔にならないようにと、自ら身を引いたのだ。

けれど……たとえばネリィレド王国が何もないところから恐怖を読み取ったように、私もフェリクス様の気持ちを読み間違えたのだろうか。

先日、フェリクス様は眠りにつく前の私の考えに誤りがあったと、教えてくれたのだから。

『「私が君に抱く想いは替えが利く」という考えは誤りだ。決して替えは利かない。君がいなければ、私の世界は始まりもしないのだ』

――――彼はそう言ってくれたのだから。

「……自分では気づかなかったけれど、もしかしたら10年前、私は追い詰められていたのかしら。だから、身を守ろうとして、自分に都合のいいことを読み取ったのかもしれないわね……フェリクス様の希望に反して。ごめんなさい、フェリクス様に大変な迷惑を掛けてしまったわ」

申し訳ない気持ちになってそう言うと、フェリクス様は「そうじゃない！」と激しく言い返してきた。

「私は何一つ迷惑を被っていない！　そして、君が色々なものを読み取るしかなかったのは、私が君をギルベルトとビアージョ、アナイスから守らず、君との話し合いを拒絶したからだ」

彼の激しさに言葉を差し挟めないでいると、彼は後悔した様子で言葉を続ける。

「10年前、私が君を酷く誤解して拒絶した後も、君は三度、自分から私のもとに来てくれた。なのに、私は一度も君と会おうとしなかった。そのことをずっと後悔し続けている」

そう言うと、フェリクス様は震える手で私の体をしっかりと抱きしめた後、自らの額を私の肩口に付けた。

「三度も拒絶されたのならば、心が砕けても不思議はない」

＊　＊　＊

フェリクス様の後悔に満ちた声を聞いて、私は当時の辛かった気持ちが少しだけ薄れていくのを感じた。

誤解を正したくて何度会いに行っても、フェリクス様に会ってもらうことはできなかった。

そのため、当時の私は彼のもとへ向かうことが怖くなっていたけれど、私の前で力なく項垂《うなだ》れるフェリクス様を怖くは感じない。

「フェリクス様、ずっと昔の終わったことを覚えていてくれてありがとう。心が砕けることはなかったけれど、あの頃の私はあなたに会いにいくことを怖く感じていたの。こうやって私に接してくれるあなたは、ちっとも怖くないのにね」

不思議ね、と微笑みかけてみたけれど、彼が笑い返してくれることはなかった。

代わりに、フェリクス様は痛ましいものを見るような表情を浮かべると、無言で私の背中をさすってくる。

けれど、その手は彼の体と違い、驚くほどに冷えていた。

彼は緊張しているのだわと感じ、少しでもその状態がほぐれるようにと、彼の手を摑んでゆっくり撫でる。

「フェリクス様、お話をしましょう」

「何だって？」

私の唐突な提案に、フェリクス様は戸惑いの声を上げた。

私は彼を見上げると、賛成してほしいと思いながら言葉を続ける。

「あなたはこの間、私を理解するために、私のことを知ろうとすると言ってくれたわ。でも、思っていることを口にしなければ、心の裡を勝手に想像してしまい、また誤解してしまうかもしれないわ」

「……ああ」

「だから、私がどう考えているのかが分からない時は、いいえ、分かっていると思っている時でも、できるだけ話をしましょう。私もフェリクス様の気持ちを尋ねるようにするから。初めからそうしていたら、あなたも私もお互いの気持ちを取り違えることはなかったたし、あなたがそんな風に自分を責めることはなかったはずよ」

フェリクス様は無言で私を見つめた後、何か眩しいものを見たとばかりに目をこすった。

「……素晴らしい提案をありがとう。君は本当に慈愛の人だね。今後、私は機会を見つけては、思っていることを全て口にするようにするし、君の気持ちも不躾にならない程度に尋ねることにする。君はいつだって正直に答えてくれるから、そうすれば、君の気持ちを誤解することはなくなるだろう。そして、……私は自分を責めずに済むかもしれない」

彼は私の提案に賛同する言葉を口にしたけれど、どういうわけか最後の一言だけは本心でないように思われた。

もしかしたら私がどう考えたとしても、私を拒絶した自分の過去を許せずに、彼は自分を責め続けるのだろうか。

そうでなければいいけれど、と思いながら、彼の負担が軽くなるよう正直な心情を口にする。

「フェリクス様、私はあなたを責めようと思ったことは一度もないわ」

私の言葉を聞いたフェリクス様はほっとするかと思ったのに、ますます痛ましげに顔を歪めた。

「そうだろうね。君であれば、そうかもしれないと思っていた。だが、ルピア、君は私を責めるべきだ。言いたいことを全部言うのだ。そうすれば、多少なりともすっきりするはずだ」

「フェリクス様を責める？」

一体何について、彼を責めるというのかしら。

フェリクス様はいつだって、国のために一生懸命取り組んでいる。

私が眠り続ける前も後も、彼の私人としての時間が驚くほど少ないことは、身近にいる私が一番よく分かっている。

そして、そんなわずかな時間のほとんどを、彼は私のために使ってくれたのだ。

多分、彼自身のために使う時間はほとんどなかったのじゃないだろうか。

「せっかくもらった機会だけど、あなたを責める点が見つからないわ」

「ルピア……いくつもあるよ。たとえば君が魔女だということを私は信じていなかった」

フェリクス様は緊張した様子で、核心的な言葉を口にした。

先ほどからずっと、フェリクス様は彼にとって言いづらいことを口にしている。

多くの者がなかったことにして、触れずに終わらせるような話題をわざわざ拾い上げて、私の中に眠っているであろう不満や不平を解消しようとしてくれているのだ。

――――10年もの間。

多くのものを両肩に乗せた、考えることもやることもたくさんある一国の王が、私のことをずっと思いやってくれていたのだ。

これほど誠実で優しい人は、大陸中を探しても他にいないのじゃないだろうか。

そう考えながら、私はもう一度、10年前の出来事を見つめ直してみる。

「……そうね、確かにフェリクス様に信じてもらえなかった時は悲しかったけど、思い返してみれば、私の説明は驚くほど稚拙だったわ。常識人のフェリクス様が信じるのは難しかったはずよ」

フェリクス様は大きく首を横に振った。

「物事を信じる時、根拠や理由を求めるのは私の通常行動だ。しかし、君は私の妃なのだから、唯一の例外として扱うべきだった。無条件に信じなかった私が間違っていた」

「まあ、フェリクス様ったら」

冗談を言われていると思ったため、わざとおどけた表情を作ってみたけれど、彼は笑わなかった。

冗談ではなかったのだろうか。

私はふと浮かんだ質問を口にする。

「ねえ、フェリクス様、もしも私に尻尾が生えたと言ったら、あなたはどうするかしら？」

「……君が窮屈な思いをしないように、ドレスの腰回り部分を全て補正させる」

「まあ、突拍子もない私の言葉を信じてくれるの？」

「ああ」

彼が真顔だったため、私は本当に信じてもらったような気持ちになる。

そのため、私はこてりと彼にもたれかかった。

「フェリクス様は素敵な人ね。そして、過去を修繕するのがお上手だわ。……私は10年前、そんな風にあなたに信じてほしかったの。でも、そんな恋はどこにもあるはずないから、幼い魔女の恋心は幻想でしかなかったはずなのに……あなたは傷付いた魔女の恋心まで癒してくれたのだわ」

笑みを浮かべる私とは対照的に、フェリクス様は泣きそうな表情を浮かべる。

「ルピア、私の魔女はずっと大人だったよ。私より何倍も情け深くて、城中の皆に慕われていて、正しいものをまっすぐ見つめていた。幻想ではない。だから、どうか……私がそんな風に君に恋するのを許してくれ」

そう言いながら、彼は私の手を握ってきたけれど――その手は変わらず、驚くほど冷たかった。

❁ ❁ ❁

何度も何度も同じような言葉を言ってもらったからだろうか。

それとも、バドが言うようにたくさん食べて、多くの人と接したことで、感情が戻ってきたのだろうか。

その時初めて、私はフェリクス様が本気で私に頼んでいるように思われた。

本気で私に恋をしたがっているように。

けれど、簡単に信じることは難しかったため、私は彼の真意を確かめようと、正面から彼を見つめる。

すると、いつも通り端整な顔立ちが目に入った。

結婚した当初から、フェリクス様は非常に整った顔立ちをしていたけれど、10年の年月を経たことで経験に基づく深みが加わり、より魅力が増したように思われる。

彼はその時々で、腰まである髪を結ったり、肩に流していたりしているけれど、どの場合も艶っぽくて、彼の整った顔立ちを引き立てていた。

そのため、廊下や庭園で女性とすれ違うたびに、彼女たちが呆けたようにフェリクス様を見つめることがよくあった。

けれど、女性たちが見とれていた理由の大部分は、フェリクス様の顔立ちだけではなく、10年の間に別人のように変わってしまった雰囲気によるものだろう。

私の側にいる時はいつだって、ただただ優しくて心配性の彼だけど、時折見かける一人の彼は、孤高で近寄りがたく、大国の王らしい覇気を備えているのだから。

――そう、彼は私と違って、10年分の成長を果たしていた。

私が何も変わらないまま眠り続けていた間に、彼は有益な10年を積み重ねていたのだ。

みずみずしい若木のようだった肉体は、鍛錬されて完成された騎士の肉体となった。

若さと甘みがあり、少しだけ衝動的で無鉄砲だった性格は、思慮深く人の話を聞くことができる、忍耐力と深い思いやりを身に付けた性格に変わった。

10年前の彼は、時にその若さを侮られることがあったけれど、今や誰もが跪く大国の王だ。

完全に人々を掌握して従えており、そのことは騎士や文官たちと接するフェリクス様を見ているだけで把握することができる。

なぜなら誰もがフェリクス様をこれ以上はないほど敬っている様子が、言動の端々から見て取れるからだ。

そんな風に全てに優れているのであれば、多くの女性たちが彼に憧れ、求めてきても不思議はない。

そんな彼が、今さら10年前から何一つ成長していない私を求めることなどあるのだろうか？

「フェリクス様はこれ以上ないほど魅力的だわ。大勢の女性たちがあなたのもとに大挙して押しかけているのではないかしら」

大陸中を見渡しても、彼ほどに魅力的な男性は片手の指の数ほどもいないだろうと考えての言葉だったけれど、フェリクス様は悲しそうに問いかけてきた。

「ひどく論理的な言葉だね。君の口調から判断するに、その『大勢の女性』の中に君は入っていないのだろう？　それではゼロと同じことだ」

フェリクス様は自答すると、寂し気に付け加えた。

「私が求めるのは君だけだ。だから、君以外は誰も必要ない」

私は本当に不思議に思って、彼に問いかける。

「フェリクス様はどうして私にこだわるの？　昨日も言ったけれど、あなたは虹色髪の女性と結婚すべきだわ」

私はやっと魔女の恋心を捨て去ることができて、冷静に物事を判断できるようになったのだ。

そうしたら、虹色髪の女性との婚姻が彼にとって最上の方法であることを、簡単に導き出せたのだから、私の提案が最善の道であるはずなのに。

そう考える私に向かって、フェリクス様は辛抱強く説明を続けた。

「ルピア、私は既に結婚している。君を娶った時、生涯君と添い遂げると私は誓った。そして、君は非常に魅力的だから、私は君だけを望んでいる。そんなことはあり得るはずもないが、……もしも今後、君以上に私に利する女性が現れたとしても、私は妃を挿《す》げ替えようとは思わない。生涯側にいたいのは君だけだ」

「でも、あなたのためなのに」

もう一度言い返すと、フェリクス様は弱々しい笑みを浮かべて、私の手を両手で挟み込んだ。

「君の気持ちだけ受け取っておくよ。だがね、真心から私のために助言してくれる君には言いにくいが、君の提案はこれっぽっちも私のためにならない。何度だって繰り返すが、私は君しか必要ないのだ。それに、この10年もの間、君はずっと私の王妃で、その間もこの国は繁栄し続けてきた。眠り続けていても、君は我が国を豊かにしたのだよ」

「…………」

そうだとしたら、それはただ眠り続けていた私の力では一切ない。

フェリクス様が妃に頼ることなく、王として国を繁栄させることができることの顕れなのだ。

そう考えていると、フェリクス様は縋るように見つめてきた。

「今後、君が嫌がることは一切しない。だから、私の妃であり続けることを、もう一度考えてみてくれないか?」

「フェリクス様」

何と答えていいか分からずに名前を呼ぶと、彼は真剣な表情で続けた。

「10年の間に変化したこの国のあり様を、じっくりと見て回ると君は言ったね。その間、できればこの国に住み続けることを考えてほしい。……許されるのなら、私はずっと君と子どもとともにいたいのだ」

❁ ❁ ❁

フェリクス様の言葉は、私には本心からのものに聞こえた。

分からないのは、なぜそう思うのかだ。

「フェリクス様、お尋ねしてもいいかしら?」

小首を傾げて尋ねると、生真面目な表情で頷かれる。

「ああ」

「10年前のあなたは私を大事にしてくれたけれど、今のように私を想ってはいなかったはずよ。そして、この10年の間、私は眠っていただけだから、あなたの心を動かすような言動は何一つしていないはずだわ。だから、どうしてあなたが私にこだわるのかが分からないの」

彼はぐっと唇を嚙んだ。

「それは、10年前の私が酷く愚昧だったということだ。君が恥ずかしがり屋で控えめだということは分かっていたのに、君が口にしなかった多くのことをなかったものとして扱ってしまったのだから。加えて、己の経験と常識から判断して、君が話してくれたことのいくつかを信じなかった」

私は彼の身代わりになる少し前に、それまで秘密にしていた多くのことを告白する手紙を書いて、彼に届けたことを思い出す。

もしかしたら彼は手紙を受け取った際、軽く目を通しただけだったのかもしれない。

そして、私が眠っている間に丁寧に読み返し、手紙に書いていたあれやこれやを信じてくれたのかもしれない。

あるいは、彼の身代わりとなって眠り続ける私を見て、様々なことを信じてくれるようになったのかもしれない――私が魔女であることを信じてくれたように。

「私が君のことを理解できたのは、君が眠ってしまった後だった。そして、私が理解した君は、想像もできないほど素晴らしかったため、完全に君に陥落したのだ」

「まあ、私はそれほど素晴らしくはないわ。嫌だわ、あなたが『君を美化し過ぎていたけど、現実が見えた』と言いながら去っていく未来が見えるのだけど」

両手で頬を押さえながらそう零すと、フェリクス様はぎょっとしたように目を見開いた。

「天地がひっくり返ってもあり得ない！」

その大げさな言い方におかしくなる。

くすくすと笑っていると、フェリクス様は苦し気な表情を浮かべた。

まるで私が冗談だと受け取ったこと自体が、彼を苦しめているとばかりに。

思わず笑みを消すと、彼は身に着けている上着の前を開き、私の手を摑んで彼のシャツに押し付けた。

「フェ、フェリクス様？」

動揺して彼を見上げると、フェリクス様は激しい調子で言葉を続けた。

「ルピア、私は上手い冗談は言えない。せっかく君が笑ってくれたが、私の言葉は冗談ではなくただの本心だ。ああ、この胸を開いて、心の中を見せることができればいいのに！　そうしたら、私の中には君しかいないことが、すぐに分かってもらえるだろう」

苦し気に零すフェリクス様の胸元に手が触れていたため、そこから彼の激しい拍動が伝わってくる。

「フェリクス様、……心臓の音が速いわ」

「そうだろう。君が私に触れているのだから、平常心ではいられない」

そう言いながら、間近で覗き込まれたことで、私は彼の苦しさを見たように思った。

そのため、びっくりしてまじまじと彼を見つめる。

……彼の態度はまるで、10年前に私が彼に恋をしていた時のようだわ。

まさか本当に、私のことを好きでいてくれる……ということがあるのかしら。

10年前と全く変わらない私を、10年経ってより魅力的になった彼が？

罪悪感や感謝の念から私に優しくしようとしている、と考える方が受け入れやすいけれど、演技でこんな眼差しを浮かべることができるとはとても思えなかった。

「……フェリクス様は私が好きなの？」

疑問に思うまま尋ねると、彼は即答した。

「ああ、好きだ」

自分で尋ねておきながら、肯定されたことに衝撃を受けて息を詰める。

私は一呼吸置いて自分を落ち着かせた後、重ねて質問した。

「私があなたの子どもを身籠っているから？」

「違う。生涯君と二人だけだとしても君がいい。……もちろん、君が私の子を産んでくれたら、私は天にも昇る気持ちになるだろうが」

きっぱりと言い切った彼を前に、私はどうしていいのか分からなくなる。

そのため、戸惑いながら彼に尋ねた。

「フェリクス様は私にどうしてほしいの？」

彼は自嘲の笑みを浮かべた。

「魔女は不幸な男性に恋をすると聞いた。だから、幼い私は君に選んでもらえたのだろう」

フェリクス様の言っていることは、間違いではないけれど……。

「それだけではなかったわ」

私はきっぱりと答えると、首を横に振った。

世の中にいる不幸な人は、フェリクス様だけではない。

だから、彼を選んだのはフェリクス様の優しさや強さに魅かれたからだ。

「ああ、そうだね。だが、『不幸であること』が君の選択に大きく影響したのは確かだ。恐らく、魔女の性質は慈悲深いのだろう。相手を救うことに、満足と幸福を感じるのだ。しかし、それでは君ばかりに犠牲を強いることになる」

「そんなことはないわ」

私は二度、フェリクス様の身代わりになったけれど、振り返ってみても一切後悔していないし、不幸だったとも思っていない。

痛くて、苦しくて、大事な人たちから置いて行かれることに寂しさは感じたけれど、それでも彼を救える喜びの方が大きかったのだから。

「私はあなたを救えたことを誇りに思っているの」

思えばそれは、私が初めて彼を救ったことについての感想を述べた瞬間だった。

フェリクス様は驚いたように目を見開いた後、すぐに頬を赤らめると、浮かび上がった激しい感情を散らそうとするかのように瞬きを繰り返す。

「……ありがとう、ルピア」

続けて、フェリクス様は胸に染み入るような声でお礼を言った。

「君に救ってもらった命だ、大事にする」

無言のまま頷くと、彼は切なそうに微笑んだ。

「君の質問への答えだが……今後は、私が『不幸だから』という理由ではなく、ただ『私に魅力を感じたから側にいたい』と思ってもらえるようになりたい。君にばかり負担を強いることが二度とないように」

「それは……」

とても難しい要望だった。

魔女にはどうしても不幸な男性に魅かれて、救いたいと思う傾向があるのだから。

返事ができずにいると、フェリクス様はふっと微笑んだ。

「どのみち、私の不幸は全て君が取り去ってくれた。だから、私に不幸はひとかけらも残っていない。いったん私への恋心を捨て去った君が、不幸を理由に再び私を選ぶことはないだろう」

フェリクス様はそこで言葉を切ると、陰りのない笑みを浮かべた。

「今後は、『君が幸福にする者』ではなく、『君を幸福にする者』として選んでもらえるよう努力するよ」

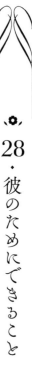

28・彼のためにできること

フェリクス様が部屋を去った後、私は一人で考え込んだ。

『身代わりの魔女』の能力は、お相手を救うためにある。

だからこそ、魔女は不幸な男性を好きになり、その相手を己の能力で救おうとするのだけれど……。

フェリクス様から、彼自身はもはやひとかけらの不幸も背負っておらず、魔女の救いは必要ないと言われたことに衝撃を受ける。

それにもかかわらず、彼には私が必要で、フェリクス様が私を幸福にするのだと言ってくれたことにも。

「魔女がお相手を幸せにするのではなく、私が幸せにしてもらう……」

それは浮かんだこともない考えで、私には馴染みのない発想だった。

そのためなのか、そわそわした気持ちになって落ち着かない。

同時に、彼に対して申し訳ない気持ちが湧いてきたため、私は困ったわと思いながらフェリクス様のことを考えた。

この国のため、彼のためにと思ったからこそ、私はこの国を去ろうと思ったのだけれど、彼は私のことが好きで、ずっと側にいてほしいと言ってくれた。

これまでにも同じような言葉を何度か贈られていたけれど、それらの言葉はフェリクス様の身代わりになったことへの感謝と謝罪の気持ちから発せられたものだと思い込んでいた。

けれど、なぜだか今日ばかりは、彼の言葉が真実の響きをもって聞こえたのだ。

もしもフェリクス様が本心から私を望んでくれているとしたら、私はこの国に残るべきだろうか。

妊娠が分かった頃からの癖で、私は片手をお腹に当てる。

フェリクス様は勇敢で、思いやりがあるとても優しい方だ。

きっといい父親になるし、子どもにとっても素晴らしい手本になるだろう。

……でも、そうだとしたら、私はもらってばっかりだ。

優しさも、幸福も、何だって彼が集めてきてくれるのだとしたら、私は一体何を返すことができるのだろう。

フェリクス様は私が暮らしやすいようにこの国を作り変えた、と言っていたけれど、国民の心情までは及んでいないはずだ。

私が10年間眠り続けたということは伏せてあるから、国民からしたら、私は10年間公務をしない、子どもを産まない、虹色の髪を持たない、役に立たない妃でしかないだろう。

そんな私を、フェリクス様の唯一の妃として、国民が望んでくれるだろうか。

フェリクス様の望みと国民の望みが一致していないとしたら、それはとても不幸なことだ。

私が彼の隣にいるだけで、フェリクス様は苦労をすることになるのだから。

「というよりも、フェリクス様は私のために、既に苦労をしているのではないかしら？」

先日、クリスタが教えてくれた、この10年間におけるフェリクス様の行動を思い出す。

『晩餐会を開かない、舞踏会に出ない、宰相が頼み込んだ必要最低限の謁見のさらに半分しか対応しない、とそれは酷いものだったのよ』

謁見については、政治的な要素が絡むから一概には判断できないけれど、晩餐会と舞踏会に参加しないことは問題だと思われる。

そのため、フェリクス様が晩餐会を開かない理由を尋ねたところ、クリスタは思ってもみないことを言い出したのだ。

『ある日、晩餐会の名の下に、お見合いの席がセッティングされたの。出席者が全員で協力して、一人のご令嬢を褒めそやし、はっきりとお兄様に薦めたのよ。肝心のご令嬢も、まつげをぱちぱちと瞬かせて、お兄様に媚びる始末でね。そうしたら、お兄様はそのまま席を立って、晩餐室を後にされたの。それ以降は二度と、晩餐会を開催されなくなったというわけよ』

それはフェリクス様らしくない高圧的な態度だったため、私は驚きを覚えたのだ。

いくら意に沿わなかったとはいえ、晩餐会を台無しにするような行動を取るフェリクス様の姿が、想像できなかったからだ。

　さらに、フェリクス様が舞踏会を開催しない理由について尋ねてみたところ、クリスタは珍しく歯切れの悪い様子を見せた。

『ええと……、要するに、お兄様のお気に召さないような会だったということね。そのため、お兄様は二度と舞踏会を開かないと宣言して、それ以降は実際に二度と開かなかったし、参加もしなかったというわけよ』

　今思えば、クリスタは私に遠慮して、はっきりと答えなかったのじゃないだろうか。

　そうだとしたら、原因は私なのだろう。

　先ほど、フェリクス様に晩餐会や舞踏会に参加しない理由を聞き損ねたわ、と失敗した気持ちになっていたけれど、もしも原因が私なのだとしたら、尋ねてもはっきりとは答えてくれなかったに違いない。

　――――フェリクス様は明言しなかったけれど、ゴニア王国を併合したことについても、私が彼の身代わりになって苦しんだことが影響しているのではないだろうか。

　まさか一国の王が妃のために、戦争や政治、社交の方針を変更することはないだろうけれど、――――常識的にあり得ない話だけど、なぜだかフェリクス様が私のことを考えて行動してくれたように思われる。

「戦争をした理由に、毒蜘蛛に苦しんでいた私の報復をしようという気持ちが混じっていた、なんてことがあるのかしら？　晩餐会を開かなくなったのは、私以外の妃を娶るつもりがないことを示すためだった、ということが。それから、今もって舞踏会に出ないのは、私にも何かかかわりがあって、気を遣ってくれているということが」

あまりに自分を中心にした考えばかりだったけれど、目覚めて以降のフェリクス様の態度には、私の荒唐無稽な考えが信じられるくらい、私に執着する様子が見て取れた。

「……フェリクス様は私のことが好き」

ぽつりとつぶやくと、なぜか頬がじわりと熱くなる。

この感覚は何なのかしらと戸惑いながら、私は両手で頬を押さえると決意した。

フェリクス様が私のために歪めてしまったものがあるのならば、私はそれらを探し出し、元に戻さなければならないわ、と。

その日の晩餐の席で、私は決意した気持ちのままフェリクス様に質問した。

「フェリクス様、そろそろ社交シーズンよね。王宮舞踏会はいつ開かれるのかしら？」

「……なぜそんな質問をするんだ？」

フェリクス様が心配そうに私のお腹を見つめてきたので、分かっているわと両手をお腹の上に置く。

「今の私は無茶をしてはいけない時期だから、ダンスができないことは分かっているわ。けれど、座っていることくらいはできるから、舞踏会に参加して皆様にご挨拶したいと思ったの」

私がこの国に残るにせよ、去るにせよ、一度は貴族たちの前に顔を出すべきだろう。

もしも私が何も言わずにこの国を去ったならば、色々と噂を立てられるだろうし、その中にはフェリクス様の私への対応を悪く言う者がいるかもしれない。

そのことを防ぐために、フェリクス様と私の仲睦まじい様子を見せて、私が彼に何の不満も持っていないことを示したいと思ったのだ。

「ルピアが私の妃として皆の前に出るのか。それは一大事だな！」

しかつめらしい表情で、重々しくつぶやいたフェリクス様を見て、思ったよりも大変なことなのかしらと慌てた気持ちになる。

「えっ、あの、もしも私が人前に出ない方がいいのならば……」

もしかしたら私の知らない事情があって、貴族の方々と顔を合わせない方がいいのかもしれないと思い至り、前言を撤回しようとしたけれど、フェリクス様は首を横に振った。

「もちろん君が姿を見せたら、誰だって喜ぶに決まっている！　君の体調さえよければ、すぐにでも王宮舞踏会を開催しよう」

フェリクス様の言葉を聞いたクリスタが、もったいぶった様子で口を開く。

「まあ、王宮舞踏会ならば、いつも通り私の名前で開くのかしら？」

そんな姉に対して、ハーラルトはわざとらしく背筋を伸ばしながら口を差し挟む。

「いやいや、僕と姉上の連名じゃないの？」

けれど、フェリクス様はそんな二人をギロリと睨み付けた。

「王妃が参加する舞踏会なのだから、私の名前で開くに決まっている！」

当然のことのように言い放ったフェリクス様を見て、クリスタとハーラルトの二人は驚いた様子で椅子に座ったままのけ反った。

それから、ハーラルトが目を丸くして兄を見上げる。

「えっ、本当に兄上の名前で舞踏会を開くの？　最終的にはそうなるだろうと思っていたけど、即断するとは夢にも思わなかったよ。あれだけ大臣と大貴族たちが懇願しても、泣き落としても、絶対に首を縦に振らなかったのに、手のひらを返し過ぎじゃないかな。兄上はお義姉様に対してチョロ過ぎない？」

クリスタも信じられないといった表情で首を横に振った。

「もはやそんな言葉では表現できないわよ！　いいこと？　今の会話は絶対に外に出してはいけないわ。頑なに6年以上も舞踏会の開催を拒否しておいて、お義姉様のたった一言で実施するなんて、贔屓が過ぎるわ！　ええ、これは高度に政治的な理由があることにして、その理由をギルベルトに捏造してもらう必要があるわね」

やいやいと賑やかに騒ぎ立てる二人を無視すると、フェリクス様はテーブルを回ってきて私の側に立ち、手を取った。

それから、ゆっくりと上体を傾け、私の手の甲に唇を落とす。

「ルピア、君の夫として紹介される機会をくれてありがとう。君が恥じないよう、立派に夫の役割を務め上げると約束するよ」

そう言うと、大陸一の大国の王は花が開くように微笑んだ。

それはとっても自然で美しく、心から幸福を感じているような笑みで……なぜだかその微笑みを見た私は、胸の高鳴りを覚えたのだった。

The self-sacrificing witch is misunderstood by the king and is given his first and last love.

by TOUYA

番外編

The self sacrificing witch is misunderstood
by the king and is given his first and last love.

フェリクス、会話術アップ講座を受講する

「話をしよう。できれば君の興味を引く話題で、楽しいものを！　少しの時間でもいいから、毎日！　ああ、頼むから断らないでくれ。どうか私に、君と過ごす時間を持たせてほしい」

10年の眠りから覚めた日の翌日、フェリクス様は熱心にそう言ってくれた。

本気で言っているように聞こえたけれど、彼は王という立場にあるからとても忙しいはずだ。

そのため、何度か私のもとを訪れたら、それで終わりになるものと思っていた。

けれど、予想に反して、フェリクス様は本当に毎日、私の部屋を訪れてくれた。

それどころか、事前に考えてきたらしい話を一生懸命していく。

フェリクス様が私を楽しませようと、明らかに前準備をしてきている様子に何も言えなくなって、同時に、彼が私のために努力してくれることが嬉しくなって、いつの間にか一緒に過ごす時間を心待ちにするようになってしまったけれど、……果たしてこのままでいいのだろうか？

忙しい彼にとって、頻繁に私のもとを訪れることは負担ではないだろうか？

そう考えた私は、ミレナとともにフェリクス様の執務室を訪れることにした。

「私はまだ体調が戻っていないから、部屋の外に出る時は必ずフェリクス様と一緒にと言われているの。だから、勝手に出てきたことで、彼のご機嫌を損ねるかもしれないわ」

フェリクス様の執務室に向かいながらそう言うと、ミレナは同意しかねるといった様子で首を傾げた。

「向かう先が国王陛下の執務室でしたら、陛下は泣いて喜ばれると思います」

そこまでは望まないけれど、少なくとも迷惑に思われなければいいわね、と考えながら恐る恐る執務室の前に立つと、部屋の前で警備している騎士たちから室内には誰もいないと告げられた。

拍子抜けして中に通してもらうと、ミレナは部屋の一番奥にある日当たりのいい場所までどんどん進んでいく。

いいのかしらと思いながら後をついていくと、彼女は躊躇うことなく閉じられていたカーテンをさっと開けた。

中を覗いてみるとベッドが置いてあり、その周りにはソファやテーブルが配置されたこぢんまりとした空間が作られていた。

「まあ、こんな居心地のよさそうなスペースがあるなんて知らなかったわ。フェリクス様が仮眠を取られる場所なのかしら」

それにしては寝具も家具も可愛らしいわね、と思っていると、ミレナが思ってもみないことを言い出した。

「こちらはルピア様のためのものです。ルピア様が眠っておられる間、国王陛下は日中ルピア様をこちらへ連れてこられていました」

「えっ、私をこの部屋に連れてきていた？ ……な、何のために？」

理解が追い付かずに目を白黒させていると、ミレナは生真面目な表情で説明を追加する。

「ルピア様に一日の区切りを知ってもらいたい、とのご希望からです。私室で眠り続けているだけでは、ルピア様が長い時間を経過したことに気付かず、このまま目覚めないかもしれないと、陛下は恐れておられました」

「まあ、何てことかしら」

私が目覚めて以降、フェリクス様が甲斐甲斐しく面倒を見てくれた様子から推測するに、きっと彼が私を抱えてこの部屋に運んでくれたのだろう。

そして、私の目覚めのきっかけになるようにと、一日の区切りを感じることができる生活を提供してくれたのだ。

フェリクス様の思いやりに心打たれてじんとしていると、私たちをカーテンの内側に閉じ込める形で、ミレナが再びカーテンを閉めた。

「いかがですか。こちらのカーテンは二重になっているので、厚い方のカーテンまで閉めると、外から中をうかがい知ることができなくなります」

確かにこんな風に隔離されたら、執務室にいる方たちは私が身動きしても気付かないだろう。

一方の私は眠っている間ずっと、フェリクス様が働いている時の声を聞いていたのだわ、とこれまで知らなかった事実を知ってどきどきしていると、扉が開いて人が入ってきた。

初めに聞こえたのはギルベルト宰相の声だったので、勝手に執務室に入ったことを後ろめたく感じて息を詰める。

宰相と最後に会ったのは私の私室で、今後のスターリング王国とフェリクス様をお願いしたのだった。

結局、「国と王についてはお任せください」といった肯定の返事をもらえなかったのよね、とその時のことを思い返していると、知らない第三者の声が響いた。

「ルピア妃のお好みが分かれば、より的確なアドバイスができますので、一度会わせてもらえませんか？」

私の名前が聞こえたのでどきりとしていると、フェリクス様が強めの口調で言い返す。

「それはダメだ！　お前みたいな不道徳の塊みたいな奴を、彼女の目に触れさせられるものか!!」

「酷い言われようですね。たとえ私が不道徳の塊だとしても、その私から会話術を学ぼうとしているのですから、面と向かって悪口を言うのはやめてもらえませんかね」

フェリクス様が何事かを言い返すと、第三者の感心するような声が響く。

「わざわざこの部屋で働く文官全員の人払いをしてまで私を呼び寄せたのですから、陛下の真剣さが伝わるというものです。対外的には執務の振りをして、実際には執務室内で密やかに『会話術アップ講座』を受講するのですから、何とも抜け目がないですよね」

「ベルナー侯爵！」

叱責するようなギルベルト宰相の言葉が聞こえた途端、ミレナが何かに思い至った様子で頷いた。

「ああ、陛下と兄と一緒にいるのは、ザシャ・ベルナー侯爵ですね。28歳で独身の、社交界で多くの浮名を流している貴族です。漏れ聞いた話から推測するに、どうやら陛下はルピア様との会話術を学ぶために、ベルナー侯爵を呼ばれたようですね。さすが国王陛下と我が兄、完全に講師の選定を誤っています」

ミレナは小声で情報を伝えてくると、頭痛がするとでも言うようにこめかみを押さえた。

一方の私は、両手で口元を押さえると、ミレナに向かって首を横に振る。

フェリクス様が私のために こっそり会話術を学ぼうとしているのであれば、そんな裏方作業を覗いていると悟られてはいけないわ、と思ったからだ。

ミレナは頷いてくれたので、二人で音をたてないようにソファに腰を下ろす。

それから、息を殺して三人が退出するのを待つことにしたのだけれど、図らずもそれ以降の時間は、執務室で交わされる声を聞く形となった。

「さあ、それではまず、普段の国王夫妻の会話がどのようなものかを教えてください。ギルベルト宰相、よければルピア妃の役をお願いします」

「わ、私が!? 何という恐れ多くも光栄な役を申し付かったのだ!」

ベルナー侯爵の声に続いて、感動したようなギルベルト宰相の声が響く。

しばらくの沈黙の後、フェリクス様の声が聞こえてきた。

「ルピア、君はとても素晴らしくて可愛らしく、さらには勇敢だ! そんな君と比べたら私は足元にも及ばず、近寄ることすらはばかられるが、どうか私に君と過ごす時間を与えてほしい」

「必死ですか! というか、フェリクス王が近寄ることをはばかられるって、ルピア妃は女神か何かですか!?」

ギルベルト宰相が私の役をするということだったけれど、彼は言葉を差し挟むことなく、代わりにベルナー侯爵がフェリクス様に突っ込んでいた。

けれど、フェリクス様は全くめげていない様子で、次のセリフを口にする。

「ルピア、君の白い髪は何と美しいのだろう! 君の髪と同じ色のものを10年間探し続けたが、我が国が誇るレストレア山脈の積雪しか見つからなかった。我が国を豊かにし、命を育んでくれたと言われる、あの壮麗にして荘厳な山の雪くらいしか、君と並び立てる色はこの世に存在しないのだ!!」

「夢中ですか! というか、色々と重いですね!!」

激しい調子で言い返すベルナー侯爵に対して、フェリクス様はさらに言葉を重ねた。

「ルピア、最近の私は、君がくれたハンカチの刺繍を眺めて過ごすことが日課になっている。この一針を刺した時、君は何を考えていたのかなとか、どんな表情を浮かべていたのかなとか、考えだすと止まらなくなって、結局、一日中君のことを考えているのだ」

「乙女ですか！　ええと、先ほどから驚き過ぎてよく現状を把握できていないのですが、そもそも陛下はこのような方でしたっけ？」

尋ねるようなベルナー侯爵の声に続いたのは、なぜかそれまでずっと沈黙していたギルベルト宰相の高い声だった。

「フェリクス様、どれも素敵なお言葉でしたが、謹んで全てご辞退させていただきます！　ご自分でおっしゃった通り、陛下はまだまだ素晴らしい私に近寄れるレベルには達していませんから!!」

「ぐふっ」

耐えきれなかったようで、隣でミレナが小さく吹き出す。

「すみません。愚兄が気持ちの悪い声を出していましたが、もしかしたらルピア様の声真似をしたのかと考えたら、あまりに似ていなくて変な声が出ました」

「まあ、あれは私の声を真似ていたのね」

驚きのあまり、ついいつものようにミレナと二人で会話をしてしまった後、はっとしてカーテンの外の様子をうかがったけれど、三人は言い争いを始めていたので、どうやら私たちの声を聞かれた心配はないようだ。

ほっと胸をなでおろした後、今度は三人の言い争いが気になって、何を話しているのかしらと彼らの声に耳をそばだてる。

すると、フェリクス様の叱責する声が聞こえた。

「ギルベルト、お前がルピアの気持ちになって答える必要はないだろう！　そこは私を思いやって、少しばかり私に好意を寄せている演技をすべきだ!!」

「お言葉ですが、事実と正反対の演技をしていても、何の練習にもなりません！　陛下はまず、ルピア妃に厭われていることを認識すべきです」

「冗談ですよね？　大陸で一番モテると評判の覇王が、ご自分の妃に嫌われているのですか!?」

漏れてくる言葉を聞いている限り、フェリクス様の会話術がアップしそうには思えなかったため、ミレナと顔を見合わせる。

けれど、三人の会話はまだまだ続いており、講座が終了するようには思われなかったため、私は覚悟を決めて彼らの声を聞き続けたのだった。


その後もしばらくの間、三人は熱心に会話の練習を行っていたけれど、あまり身になっているようには思えなかった。

講座の終盤に差し掛かった時、ベルナー侯爵が「これが最後のレッスンです」と宣言し、お手本として甘いセリフを口にし始めたため、いよいよ講義終了かしらと期待したけれど、そう上手くはいかないようで、おかしな方向に会話が進み始める。

「ルピア、君の唇はどうしてそんなに赤いのだろう。まるで私の口づ……ぎゃあ！」

どごっという鈍い音に続いて、ベルナー侯爵の苦情を訴える声が響く。

「へ、陛下、今私に頭突きをしましたね!!　いくらルピア妃の名前をお呼びしたのが気に入らないからって、攻撃するのはやめてください」

「お前、やっぱり分かっていてわざと呼んだな！　不敬罪で牢に入れるぞ！　そこはルピアの名前を使用する必要はないから、ギルベルトの名前を使え!!」

「えー、ギルベルト宰相に愛を囁くって……いえ、分かりました！　やりますよ!!　はあ、……ギルベルト、君の唇は赤い……って、やっぱり無理ですよ!!　男性相手に色めいた言葉を口にしかけただけで、鳥肌が立ってきましたから!!」

それら一連の会話を聞いていた私は、先ほどのミレナのセリフに同意する。

「ミレナの言う通り、私もベルナー侯爵を講師として選定したのは誤りだったと思うわ」

三人はその後もひとしきり騒いだ後、「時間です」との宰相の声を合図に、やっと執務室から出て行った。

部屋が静かになったことを確認すると、私はカーテンを開け、こっそりと足を踏み出す。

それから、素早く執務室を横切ると、扉から退出した。

扉の前には、入室した時と同じ騎士たちがいたため、「私室に戻るわね。フェリクス様には私のことをお伝えしなくて大丈夫よ」と告げる。

恐らく、フェリクス様は入室する時も退出する時も、ギルベルト宰相やベルナー侯爵と熱心に話をしていたはずで、だからこそ騎士は声を掛けることができなかったのだろう。

その結果、幸運にも、私が部屋にいたことはフェリクス様に伝わっていなかったようなので、お互いのためにこのままなかったことにしようと思ったのだ。

廊下を歩きながら、私はミレナにぽつりと零す。

「ミレナ、『鴨の水かき』という諺を知っている？　のんびりと浮かんでいるように見えても、実際には水中で必死に足を動かしているんですって。だから、人知れぬ苦労があるよってことなのだけれど、フェリクス様が私と話をするために、こんなに苦労しているとは思わなかったわ。しかも、今回の講義内容はあまり身にならなかったようだから、時間を損失しただけよね」

フェリクス様に申し訳なかったわと続けると、ミレナは首を横に振った。

「ルピア様、お言葉ですが、国王陛下は好きでおやりになっているので、お気になさる必要はないと思います。それに、よりもよって恋愛経験が皆無の兄と、社交界で浮名を流しまくっているベルナー侯爵を会話術の練習相手に選定するあたり、人選ミスと言わざるを得ません」

「まあ、ミレナったら」

でも、失敗したとしても、私のために一生懸命やってくれるフェリクス様の努力を、私は嬉しく思うわ。だから……。

「今日の秘密の特訓を見ることができてよかったわ」

そう言って微笑むと、ミレナはルピア様らしいですね、と苦笑した。

✿ ✿ ✿

その日の夜、いつものようにフェリクス様が私の部屋を訪れてくれたので、思わず昼間の特訓を思い出してじっと見つめてしまう。

そんな私を見て、彼は訝し気な表情を浮かべたけれど、何でもないと首を横に振ると、すぐに気を取り直した様子で色々な話をしてくれた。

それはベルナー侯爵の講義の集大成で、昼間に聞いた話の繰り返しだったけれど、フェリクス様の努力を見た後では、とても大事な話を聞いたような気持ちになる。

そのため、真剣な表情で聞いていたのだけれど、話し終わったフェリクス様はがっくりと肩を落とした。

「……爆笑必至の話と聞いていたのだが、笑みが浮かばないところを見ると、大して面白くなかったようだな」

「い、いいえ、とっても面白かったわ！」

勢い込んで答えると、フェリクス様は顔を上げ、私の真意を確認するかのようにじっと見つめてきた。

「そうは思えないが。ところで、最近流行っているという詩集を入手したんだ。その中の一編を覚えてきたから、そらんじてもいいかな？」

「ええ、もちろんよ」

これはベルナー侯爵からぜひにと勧められていたものね。

私も隠れて聞いていたから、詩の内容を覚えているけれど、初めて聞いたような顔をしなければいけないわね。

そう思って真面目な表情を作ってみたけれど、彼の口から紡がれたのは昼間に聞いたものと異なり、ディアブロ王国の言葉だった。

フェリクス様から発せられる美しくて流暢な音に、初めは驚いて目を丸くしたけれど、すぐにうっとりと耳を傾ける。

……何ということかしら。フェリクス様はベルナー侯爵から聞いたスターリング王国の詩を、私の母国の言葉に翻訳してくれたのだわ。

詩の内容は熱烈な口説き文句だったけれど、紡がれる内容以上に、彼の気遣いと優しさが胸にぐっとくる。

フェリクス様は詩を披露し終わった後、私の反応を見るかのように無言で見つめてきたため、彼は肝心なことを言うつもりがないのだわ、と驚きながら尋ねた。

「フェリクス様が手に入れた詩集は、ディアブロ王国の言葉で綴られていたの？」

「いや、スターリング王国の言葉で書かれていた。私見だが、詩は母国語で聞いてこそ心に響くものだと考えている。だから、私が翻訳したのだが、……もしかしたら内容に解釈違いがあるかもしれないな」

心許ない様子で答えるフェリクス様を見て、彼の優しさは果てしないわね、と胸が詰まった気持ちになる。

私はフェリクス様がスターリング王国の詩を私の母国語に翻訳してくれた優しさに感動しているのに、彼はその行為自体を重要なことと考えておらず、翻訳内容について心配し始めたのだから。

「あなたの翻訳はとても素敵だったわ。特に『金の星』を『明けの明星』と訳したところが素晴らしくて、胸にぐっときたわ。あの意訳は、ディアブロ王国の歴史と文化を知らなければできないことだもの」

「『金の星』って、君は原文を知っているのか？」

驚いた様子のフェリクス様に、私は正直に答える。

「ええ」

フェリクス様が入手した詩集は、最近出版されたばかりのものだったため、まさか私が知っているとは思っていなかったようで、彼は動揺した様子を見せた。

「そうなのか……」

フェリクス様は私が既に知っている詩を披露してしまったと、失敗した気持ちになったようだけれど、私は素晴らしい詩を聞かせてもらったと心から思っていたため、正しく気持ちを伝えたいと口を開く。

「フェリクス様、あなたが披露した詩はとても素晴らしかったから感動したわ。けれど、詩の内容以上に、あなたがわざわざディアブロ王国の言葉に翻訳してくれた行為に、より心を動かされたの」

「そうなのか？」

心底驚いた様子のフェリクス様に、私は大きく頷いた。

「ええ、そうよ。あなたが当たり前だと思っている行為は、ものすごく優しい思いやりだわ。ありがとうフェリクス様。私はいつだって、あなたから思いがけない贈り物をもらうのだわ」

優しい、優しいフェリクス様。

どうか私が感じている幸福と同じものを、彼にも返せますように。

そう祈りながら、私は彼に微笑みかける。

「フェリクス様、本当にありがとう。次は私があなたにぴったりの詩を母国の本から探してきて、翻訳するわね」

「なっ、それは……待ってくれ。いや、もちろん君は好きな時に翻訳した詩を披露してくれていいが、私が心臓発作を起こさないために心構えの時間が必要だ。ルピア、一体どうしてそんな素晴らしいことを思い付いたんだ」

動揺した様子で、片手で心臓を押さえるフェリクス様に、私は心の裡を説明する。

「私がしてもらって嬉しかったことを、あなたにも返そうと思ったの。そうしたら、私がどれだけ嬉しかったかが、あなたにも正しく伝わるでしょう？」

「どうかな。私が感じる喜びは、君が感じるものの何倍も増幅されるんじゃないかな」

「まあ、私が感じている幸福以上のものをあなたに返せるのならば、すごく嬉しいわ」

笑顔でそう言うと、フェリクス様はどこか痛みを覚えたような表情を浮かべた。

けれど、それは一瞬で、彼はすぐに陰りのない笑みを浮かべる。

それから、笑顔のまま「君が詩を披露してくれる日が楽しみだ」と言ってくれたので、私は翌日から彼に披露する詩を探すことに没頭したのだった。

——ちなみに、彼のために母国の詩を探し、翻訳する作業はとても楽しかった。

そのため、もしかしたらフェリクス様も同じように楽しかったのかしらと、私は新たな発見をすることができた。

こんな風に、フェリクス様はいつだって、私に思いがけない幸福を運んでくれるのだ。

そう考えて、私は一人微笑んだのだった。

【SIDE国王フェリクス】ルピアの刺繍と溢れる恋慕

それはルピアの私室で紅茶を飲んでいた時のことだ。

テーブルの上には菓子が入った大皿の他、紅茶が注がれたカップと水が入ったグラスが置かれていた。

話に夢中になっていたようで、滅多にないことにルピアの指先がグラスに引っかかる。

「あっ」

ルピアは慌てて手を伸ばしたものの、間に合わずにグラスが音を立てて倒れた。

幸いにも、グラスが割れることはなかったが、中に入っていた水がテーブル一面に零れる。

急いでナプキンを手に取り、テーブルを拭いたものの、零れた量が多かったようで、拭ききれない水がテーブルの上に溜まっていた。

拭くものを探して部屋の中を見回していると、ルピアが立ち上がって飾り暖炉《マントルピース》に近寄っていき、その上に置いてあった小さな箱から何かを取り出した。

箱の中身に覚えがあったため、何をするつもりだろうとルピアに視線をやる。

ルピアは取り出した数枚のハンカチを手に戻ってくると、あろうことかテーブルの上の水を拭き取ろうとした。

「何をするんだ！」

驚きのあまり、咄嗟に後ろから手を伸ばすと、動けないようルピアをぎゅうっと抱きしめる。

「えっ？　あの、フェ、フェリクス様？」

抱きしめられたルピアは、何が起こったか分かっていない様子で目を丸くした。

「フェリクス様、私は零れた水を拭こうとしただけよ」

ルピアは安心させるように微笑んだが、彼女が口にした行為こそが、私が最も恐れていたものだったため、腕の力を緩めずに彼女を見つめる。

「……フェリクス様？」

訳が分からない様子で名前を呼んできたルピアを見下ろすと、私は心から懇願した。

「頼むから、動かないでくれ」

ルピアが頷くのを確認すると、私は抱擁を解き、肩にかけていたマントを外して零れた水を拭く。

「フェ、フェリクス様？　あなたのマントは滅多に咲かない花で染色した特別な物だから、布巾代わりに使っていいものじゃないわ。ハンカチならここにあるわよ」

驚いた様子でハンカチを差し出してくるルピアを見て、私は無言のまま首を横に振った。

それから、テーブルが綺麗になったことを確認すると椅子に座り、膝の上にルピアを座らせる。

彼女は目を丸くしてされるがままになっていたが、少し経つと、おずおずとした様子で私の腕を摑んできた。

「フェリクス様、この国ではハンカチで水を拭いてはいけない習慣でもあるのかしら？」

そんなものあるはずがない。

ルピアのとんでもない発想に驚いたが、彼女がそう考えるのももっともな行動を私が取ったのだろうと思い至って唇を引き結んだ。

「いや、そんな習慣はない。大きな声を出して悪かった。君が持っているハンカチには、君お手製の刺繍が付いていることを知っていたから、汚してほしくなかったのだ」

「えっ？」

驚く様子で声を上げるルピアを前に、私は恥ずかしさから項垂れる。

「すまない。君が眠っている間に、勝手に小箱の中を確認したのだ」

許可なくルピアの持ち物を検《あらた》めたのだから、誹《そし》られるべき行為だ。

そう考えて罵られる覚悟をしていたが、いつまでたっても荒らげた声は降ってこず、代わりに彼女の手が私の手の上に重ねられた。

「ルピア？」

「私の持ち物は、何だって自由に確認してもらって構わないわ。でも、ハンカチは使うためにあるのよ。それに、こちらの布はそれほど高価なものでないから、フェリクス様のマント一枚を購入する金額で何百枚も買えるわ」

ありえない話だ。

ルピアが刺繍したハンカチが手に入るのなら、私はどれだけでも金を積むだろう。

無言で反意を示していると、ルピアは突然、感心したような声を出した。

「フェリクス様は驚くほど記憶力がいいのね。飾り小箱にハンカチをしまっていたと覚えているだけでもすごいことなのに、さらに刺繍が施されていることまで覚えているのだから、素晴らしい記憶力だわ」

……とても言えないな。

彼女が眠っていた間に、何度も何度もあの小箱を開けて、ルピアの刺繍を眺めていたなんて。

ハンカチに刺繍をしてあることどころか、どのような刺繍かまで細部にわたって覚えていると言ったら、さすがに引かれるだろう。

申し訳ないが、このことは私の胸の中にしまわせてもらおう、と考えた私の心を読めるはずもないルピアは、楽しいことを思いついたとばかりに目を輝かせた。

「ねえ、フェリクス様の記憶力を試してみてもいいかしら?」

「私の記憶力を試す?」

一体何をするつもりだろうと尋ね返すと、ルピアはくふくふと楽しそうに笑う。

「このハンカチを眺めたことがあるのなら、少しくらいは図案が頭に残っているかもしれないと思ったの。だから、何の図案か当ててみてちょうだい。もちろん、覚えていないのは当然だから、当たらなくても大丈夫よ」

というよりも、全然違う図案を口にされたら、その思考がどこから来たのかと楽しくなるわよね、と続けるルピアを見て、万が一にもそんな結果を招くことはないなと心の中で独り言ちる。

なぜなら私の頭の中には、全てのハンカチの図案が完璧に入っているからだ。

問題はあまりに正確に図案を言い当ててしまうと、ルピアがドン引きするだろうから、その加減をどう調整するかだ。

そう考えながら、図案を当てた場合には報賞をもらえないだろうか、と期待して口を開く。

「分かった。もし当たったら……」

ルピアが刺繍したハンカチを時々眺める許可がほしいと思って、彼女の手の中のハンカチを見つめていると、彼女に誤解をされたようでおずおずと質問された。

「もしかしてこのハンカチがほしい、わけではないわよね？」

「ほしい」

もったいなくてもらえるはずがないと思う心とは裏腹に、間髪をいれずに素直な気持ちが声に出てしまう。

思わず片手で口を覆ったが、時すでに遅かったようで、私の声はルピアに届いていた。

「あの、実のところ、この刺繍はそんなに上手でもないのよ。歪んでいる部分があるから」

知っている。何度も穴が開くほど眺めたから知っている。

歪んでいるという言い方は適切でないが、他と比べて少しだけ幅が広くなっている部分があったり、狭くなっている部分があったりすることは知っている。

ただ、その部分を眺めながら、ルピアはこの部分を刺す時に何に気を取られていたのだろう、といった風に当時の彼女の状況に思いを巡らせることができるので、非常に貴重な一品であることは間違いない。

というよりも、当時の彼女の心情や状態を映し出したハンカチだと考えると、完璧な出来栄えよりも魅力的に思われる。

そもそもルピアが彼女の時間と思いを詰め込んだ唯一無二の一枚だ。

私はこれ以上に価値があるハンカチを他に知りはしない。

「そのハンカチがいい」

万感の思いを込めてそう返すと、ルピアは考えるかのように小首を傾げた。

「そう……確かにこのハンカチであれば、気兼ねなく使えるわよね。だったら、私が出すクイズに正解したら、ハンカチをプレゼントするというのはどうかしら？」

あまりに気軽に提案されたため、驚愕して聞き返す。

「私がそのハンカチをもらえるのか？」

冗談だろう。時々眺める権利ではなくて、ずっと手元に持っておける権利が手に入るのか？

私は居住まいを正すと、真剣な表情でルピアを見つめた。

何が何でもクイズに正解しなければならないと、心の底から思ったからだ。

彼女は私の真顔に驚いたようで、「ええと、ただのクイズだからね」と小さな声でつぶやいたが、私はどんな外交交渉に臨む時よりも緊張していた。

ルピアは手に持ったハンカチを見つめると、少し考えた後に口を開く。

「では、いくわよ。このハンカチには海の生き物が刺繍されているのだけれど、それは何でしょう？　ヒントは……」

普段であれば、ルピアの言葉を最後まで聞くのだが、どうにも我慢ができずに途中で遮ってしまう。

「イルカとサメだ！　左から7匹目だけがサメで、残り16匹はイルカが刺繍してある」

ルピアは驚いたように目を丸くすると、確認するかのようにハンカチに視線を落とした後、再び顔を上げて私を見つめてきた。

「正解だわ。えっ、あの、どういうこと？　いくら記憶力がよくても、そこまで覚えているものかしら。というよりも、イルカの中にサメが紛れていることによく気付いたわね。誰も気づかないだろうと思ってやった、密かな悪戯だったのに。それから、イルカの数まで覚えているなんて、ものすごくしっかりと図案を見てくれたのね」

ああ、しっかりと図案を見たし、しっかりとイルカの数を数えた。

そうしたら、ルピアが刺繍をした当時の私の年齢とイルカの数が一致したため、そこに意味があるような気持ちになって、一人でにやついていたのだ。

運悪く、その場面をミレナに見られたため、彼女から蔑むような眼差しで見つめられたが。

当時のことに思考を飛ばしていると、ルピアは気を取り直した様子で口を開いた。

「ええと、フェリクス様、素晴らしい解答だったわ。では、次ね。次は……」

ルピアは二枚目のハンカチに視線を落としたけれど、言い止《さ》したまま頬を赤らめた。

理由は分かっている。

恐らく彼女は今、ルピアの白い髪色を加えた8色の虹が刺繍されたハンカチを手に持っているのだ。

それは私の主髪色である藍色の隣に、彼女の髪色である白色が寄り添うように刺繍されている、当時の彼女の恋心が図案化されたもので、私にとっては何物にも代えがたい貴重な一品だった。

そのハンカチを彼女は一体どうするつもりだろうと緊張して見つめていると、ルピアは焦った様子でハンカチを膝の上に置いた。

「ごめんなさい、これはちょっと刺繍が拙過《つたな》ぎて、差し上げられるようなものではなかったわ」

その言葉を聞いて、詰めていた息を吐き出す。

よかった、ルピアが8色の虹のハンカチを手放さないでいてくれる。

あのハンカチにはルピアが私を好きだった気持ちが込められているから、できれば手放さず、その頃の気持ちを彼女の手元に残してほしいと思ったからだ。

「では、次が最後ね」

ルピアは三枚目のハンカチを手に取ると、図案を眺めた。

それから、質問を思い付いたような顔で私を見つめる。

「では、いくわよ。最後の刺繍は……」

この図案当てクイズを始める前に、ルピアはクイズについての細かな説明をしなかった。

そのため、答えが当たりさえすればハンカチがもらえるのか、あるいは多くのヒントが出された後であれば、たとえ正解したとしてもハンカチはもらえないのか、といった詳細は不明だ。

そのこともあって、質問の冒頭部分しか聞いていないにもかかわらず、もらえない可能性を恐れて答えを口にする。

「王宮の裏庭から見える風景だ！」

「えっ、あの、私はまだ何もヒントをしゃべっていないわよね。それなのに正解したわ。……どうして分かったの？」

私は結構な頻度で、ルピアのハンカチが収められている小箱を開けていたのだ。

どの順番でハンカチが収納されているかくらい、もちろん覚えている。

そもそもこのクイズに答えるにあたって、一切のヒントは必要ないのだ。

それなのに、ルピアはそのことを欠片も分かっておらず、私が正解したことに驚いて、目を丸くしている。

そんなルピアはとても可愛らしく、どうにも恋慕の情が溢れてきたため、私は彼女の手を取ると私の頬に押し当てた。

「ルピア、『聖域』を刺繍してくれてありがとう。君がこのハンカチとほぼ同じ図案のものを私に贈ってくれたから、刺繍の詳細は頭に入っている。君が刺繍をしてくれたのは、幼い私にとって『聖域』だった場所だ。君は私に安らぎを持たせようとしてくれたのだな。ハンカチをもらった時に気付かなくてすまなかった」

「えっ、どうして」

彼女がハンカチに込めた意図を、私が理解したことに驚いているようで、ルピアは戸惑った様子で目を瞬かせる。

「私が幼い頃、何度も訪れて救われた場所だ。強烈な感情とともに、あの風景は私の中に残っている。もらった瞬間に気付かなかった私の方がどうかしていたのだ」

「…………」

ルピアが言葉もない様子で見つめてきたので、私は彼女の両手を自分のそれで包み込むと、そこに額を当てた。

「この10年間、君が贈ってくれたハンカチを肌身離さず持っていたから、私は何事もなく過ごすことができた。君のハンカチが私を守ってくれたのだ」

「…………」

ルピアは頬を赤くすると、無言のままゆるりと首を横に振る。

そんなことはないと言いたいのだろうが、そんなことはあるのだと、私は言葉に力を込めた。

「君のおかげだ。ありがとう」

お礼を言うと、彼女は目を潤ませた後、慌てた様子で視線をさまよわせる。

「あの……私の気持ちを読み取ってくれてありがとう。ハンカチに込めた気持ちを説明できていなかったから、反省していたの。もしきちんと説明していたら、フェリクス様が喜んでくれたかもしれなくて、そうだとしたらあなたが喜ぶ機会を奪ってしまったと思ったから」

ルピアの思考はいつも通り、自分の気持ちよりも他人への思いやりが優先されたものだった。

どうして彼女はこうなのかな、と思いながらルピアの瞳を至近距離から覗き込む。

「君は本当に優しいな。そして、他の者に気を遣い過ぎる。君からもらったハンカチはとても見事な刺繍が施されていた。君が何でもない顔をして渡してきたから、私は見事な刺繍をすることが君にとって簡単なことだと誤解してしまった。これほどのものを作るまでには、何度も練習したのだという当然のことに思い至らなかったのだ」

ルピアの小箱の中には、『聖域』の刺繍が施されたハンカチが三枚あった。

どれも見事なものだったが、彼女は些細な何かが気に入らずに同じものを四枚も作ったのだ。

そして、恐らく、一番いい出来のものを私にくれたのだろう。

しかし、残りの三枚も遜色ない出来栄えであるうえ、彼女が私のために刺繍をしてくれたハンカチなのだから、もらった一枚と同じほどに価値があることは間違いない。

そんな思いを込めて見つめると、ルピアは小箱の中の『聖域』のハンカチを見られていたことに思い至ったようで、困ったように眉を下げた。

「まあ、私の秘密を見られてしまったのね」

「ああ、見てしまった。君の努力を知ったことで、もらったハンカチの貴重性をより理解できたし、君に対する想いが深まった」

「あの……」

私の想いは今の彼女には重過ぎたようだ。

ルピアは動揺したようにぱちぱちと瞬きを繰り返すと、話題を変えたい様子で手に持っていた二枚のハンカチをずいっと差し出してきた。

「フェリクス様、素晴らしい記憶力だわ。賞品というほどに立派ではないけれど、よかったらどうぞ」

ルピアを困らせてしまったなと反省しながら、彼女の希望通りに話題を変えようと、ハンカチに視線を落とす。

けれど、見事な刺繍を目にしたことで、高揚のあまりどこかにいっていた理性が戻ってきたようで、私は首を横に振った。

「ルピア、冷静になったら君のハンカチをもらうことはできないとの常識が戻ってきた。君が膨大な手間と時間をかけて刺繍をしたことは理解している。簡単なクイズに答えたからと言って、もらえる代物では決してない。対価が合わないのだ」

至極当然のことを言うと、ルピアは驚いた様子で目を見張った。

「でも、ハンカチはたくさんあるし、クイズはちっとも簡単でなかったわ」

「いや、そんなはずはない」

「それに、最初に約束をしたでしょう？　だから、私に約束を守らせてちょうだい。これらのハンカチは高価なものではないし、気軽に汚れを拭いてもらって構わないから。……そうは言っても、刺繍入りのハンカチは使いにくいでしょうから、無理は言わないわ」

ルピアの表情から、私が遠慮したことで、ハンカチをほしがっていないと誤解されたことに気付く。

絶対にそんなことはないので、私は勢い込んで前言を翻した。

「では、お言葉に甘えて一枚もらってもいいかな。よければ、『聖域』のハンカチがほしい」

「一枚でいいの？　そして、こちらがいいの？　でも、同じ図案のものを既に持っているわよね」

不思議そうに『聖域』のハンカチを差し出してくるルピアに、私は熱心に言い募る。

「ああ、だが、私がもらったものと少しだけ図案が異なるから同じものではない。陽の差す角度が異なるし、遠くに見える山の高さが異なる。ルピア、君はこのハンカチに、王宮の裏庭から見える

『聖域』を正しく再現してくれた。だから、私のお守《まも》りにして、ずっと持ち歩こうと思う」

ルピアは私が二枚のハンカチのわずかな差異に気付くとは思っていなかったようで、ぽかんとして見つめてきた。

「図案が違うって……。あの、12年前に差し上げたものは」

驚いた様子で発してくるルピアの言葉を、頷きながら引き取る。

「あれは、幼い私のためのものだった。当時の私の身長に合わせて、視点を低くした景色を再現してくれたのだな。幼い頃、私に見えていた景色をそのまま刺繍にしてくれたのだ。君の思いやりの深さには脱帽する」

「……ど、どうして気付いたの？」

目を丸くして尋ねてくるルピアを前に、私は唇を歪めた。

「君になったつもりで考えてみた。君の優しさは私の想像を超えているから、最初のうちはなかなか答えに辿り着かなかったが」

そう答えると、私は目を細めて彼女を見つめた。

「ルピア、君の優しさはこんな風にあちこちに落ちていたから、君が眠っている間も、私は君の優しさをずっと感じていられた。だから……君に感化されて、私は以前よりも優しくなれたのではないかと思う」

ルピアは困ったような表情を浮かべる。

「あなたは10年前も優しかったわ」

「そうは思わない。私はとても酷い男だった。今度こそ、君に優しくさせてくれ」

そして、君を幸せにする手伝いをさせてほしい。

君が与えてくれるハンカチには、一目見て分かるほどに君の優しさが詰まっている。

今度こそ私は、君の優しさを受けるに値する男になり、きちんと君に優しさを返したいのだ。

ルピアは頬を赤らめると、「もったいないことだわ」と小さくつぶやいた。

恥ずかしいのか、こてりと額を私の肩にあてて顔を隠す。

……この可愛さはどうしようもないな。

彼女は私への恋心を忘れてしまったから、私に恋情を抱いているはずもないのだが、こんな態度を取るのは、夫だからと気を許してくれていることの表れだろう。

ああ、ルピアが可愛くて仕方がない。

いくら彼女に適度な運動をさせ、健康にさせるためだと言っても、私はこの可愛らしい生き物を外に出し、大勢の者の目に触れさせなければいけないのだろうか。

間違いなく、多くの男性が彼女の可愛らしさの虜になるぞ。

困ったな。私の妻であるということが、果たして彼女に懸想《けそう》する多くの男性への抑止力になるものか。

全く抑止力にならない気がした私は、ルピアを逃がしたくないと、しっかりと抱きしめる。

すると、私の気持ちが分かるはずもないルピアは、頓珍漢な質問をしてきた。

「幼い頃を思い出したから、甘えたい気分になったの？」

ルピアは気恥ずかしそうに頬を赤らめると、甘やかすように私の背中を撫でてくれたから……私は彼女の言葉に便乗することにした。

私は彼女の肩に額を載せると、するりと擦り付ける。

それから、心の中で彼女にお願いしたのだった。

――ルピア、君は一人で幸せを見つけることができるのだろうが、どうか私にもその手伝いをさせてほしい。

ルピアに私の心の声が聞こえるはずはないのだが、目が合うと、彼女はとても優しい表情で微笑んだ。

そのため、私は彼女に了承してもらえたような気持ちになって、同じように微笑み返したのだった。

【SIDEハーラルト】僕の初恋と妖精姫

……退屈だな。

「ハーラルト殿下、我が侯爵家にとっても珍しい花が咲きましたの！　10年に一度しか咲かない花で、その花を見た者はものすごい幸運に見舞われるそうです」

「あら、それでしたら、我が公爵家に代々伝わるペンダントの効力を確認していただきたいわ。身に着けた者は、必ず幸福な結婚をするとのことなんです！」

ゴニア領で開催されている夜会において、僕の周りに群がり、次々にどうでもいい話を披露するご令嬢方を見て、心の中でため息をつく。

兄上が国土を拡大してからずっと、どこへ行ってもこの調子だ。

僕自身は何も変わらないのに、ご令嬢方は僕に付加された「大国スターリング王国の王太弟」という立場が輝かしく見えるようで、べたべたと近寄ってくるのだ。

恐らく、僕が全てを失い、ただのハーラルトになったならば、その途端に僕を取り囲むご令嬢方は一人もいなくなるだろう。

そんな条件付きの好意を寄せてくるご令嬢に魅かれるなんて、絶対にあり得ない。

にこやかな笑みを浮かべながら、できるだけ距離を取ろうと苦心していると、ふいに一人の女性の姿が脳裏に浮かんできた。

清廉で、正直で、思いやりがある、誰よりも美しい妖精姫。

彼女と正反対の女性たちに囲まれていることで、会いたい気持ちが募ったようだ。

久しぶりに顔を見たいな……と思っていたところ、側近の一人が足早に近付いてきて耳打ちした。

何事だろうと耳をそばだてたけれど、あまりに想定外の言葉を聞いたため、すぐには意味が理解できない。

しかし、側近の強張った顔を見たことで、耳にした話が事実であることを理解した。

「ルピアお義姉様が目覚めただって!?」

僕はその場に相応しくない大きな声を上げると、即座に一番近い扉に向かう。

僕を取り囲んでいたご令嬢方が驚愕した様子で声を上げたが、振り返る余裕はなかった。

自分でも驚くべきことに、涙腺が決壊したかのように両眼から涙が零れ落ちてきて、とても自分以外の者を気に掛けることなどできなかったからだ。

僕の涙を目にした者たちは、ぎょっとした様子で一歩後ろに下がったため、僕は空いたスペースを足早に進むと、廊下に出て側近に告げた。

「今すぐスターリング王国に戻る！　初めのうちは馬車で行くが、途中からは馬に乗り換える」

側近が「さすがにそれは唐突過ぎます」「明日の予定が」と騒いでいたが、この地に残ったとしても、明日の僕が使い物にならないことは明白だ。

「お義姉様が目覚めたんだ。僕は王宮に戻るよ」

普段にない強い口調でそう告げると、僕は振り返りもせずに馬車に向かった。

――僕が生まれて初めて大切だと思った肉親以外の相手、それがルピアお義姉様だ。

お義姉様は幼い僕をずっと可愛がってくれ、大事にしてくれた。

その記憶は10年経っても色褪せずに残っていて、僕の中心を温めてくれているのだ……。

✿ ✿ ✿

僕――ハーラルト・スターリングは、スターリング王国の第二王子として生を受けた。

第二王子というのは第一王子に何かあった時のスペアのため、第一王子が申し分なく立派で、目立った問題がない場合は、ほとんど注目されることはない。

そして、第一王子であるフェリクス兄上は、3色の虹色髪を持つ立派な人物だった。

僕より12歳も年上で、既に頭角を現していたから、誰一人僕に王位が回ってくると考える者はいなかった。

そのため、僕は比較的自由に育つことができたものの、一方では家族の愛に飢えていた。

王と王妃であった両親は忙しく、王太子の兄も忙しく、とても僕と頻繁に関われるような余裕はなかったからだ。

3歳年上の姉だけは僕と一緒に多くの時間を過ごしてくれたが、年が近いこともあって友達の延長のような関係で、僕が求めていたような面倒を見てくれて、庇護してくれる関係にはなりえなかった。

当時の僕は4歳の子どもだったから、大人の家族から大事にされ、守られ、甘やかされたいと考えていたのだ。

もちろん僕には従僕や侍女、騎士といった大勢の者が付いていて、何くれとよくしてくれたが、それらはあくまで業務の一環であり、身分差もあったため、一線を画した態度しか取られたことはなかった。

そんな中に現れたのがルピアお義姉様だ。

……お義姉様が嫁いでくる前に、家庭教師から言われていた。

大国の王女は恐らく、我が国の言葉が話せません、と。

ディアブロ王国は遥か格上の国で、婚姻が決まったのは結婚式の1年前でしかないから、隣国でもない我が国の言葉を学んでいるはずはありません、と。

しかし、実際に顔を合わせたお義姉様は流暢に我が国の言葉を話したし、そのことを特別なことだと示すこともなかった。

僕が16歳になった今、近隣諸国の言葉をお義姉様と同じくらい流暢に話せるかというと、決してそうではない。

お義姉様はものすごく努力してくれたのだ。

大国ディアブロ王国の王女で、はるか格上の立場で嫁いできたのに、そんな態度を一度も示したことがないお義姉様。

それどころか、いつだって僕のために時間を割いてくれ、僕の話を聞き、何くれと面倒を見てくれた。

そんな毎日が繰り返されたのだから、彼女が僕の特別になり、神聖不可侵な妖精姫になることに、何の不思議もなかった。

そんなお義姉様は兄上の身代わりとなり、毒と苦しみを引き受けて長い眠りについた。

これほどの献身が世の中にあるのだろうかと驚愕したが、ルピアお義姉様は一切躊躇することなく、笑みながら身代わりになったという。

かくして僕の妖精姫は、妖精として眠り続けることになった。

何年経っても、美しいお義姉様は変化することなく美しいままだ。

そんなお義姉様をずっと見てきた僕は、この世の中に不変で美しいものがあることを学んだ。

――多分、あの期間のせいで、僕の基準は狂ってしまったのだ。

清廉で、正直で、思いやりがある、誰よりも美しい妖精姫が、自らを顧みずに身代わりとなった状態で眠り続けたため、僕は長い期間、この世で最も美しいものを見続けることになったのだから。

ルピアお義姉様のような者が他にいるはずもないのに、基準にしてしまった不幸。

しかし、一方では、お義姉様が心の中にいてくれたからこそ、僕は彼女を基準にして、正しく生きることができたのだと思う。

そんなお義姉様に会いたいと思いながらも、心の片隅に不安がよぎる。

もしかしたら僕は眠っているお義姉様を美化し過ぎていて、目覚めた彼女を見たら失望するかもしれない、と。しかし……。


「フェリクス様？」

10年振りに会ったお義姉様は、僕が誰だか気付いていない様子で問いかけてきた。

発せられた言葉は柔らかく、そして、目の前にいる彼女は痩せていたものの、記憶通りに優しい表情をしていたため、僕は一瞬にして10年前に引き戻されたような気持ちになる。

それから、心の中に当時の感情が蘇ってきた。

……ああ、何だ。ルピアお義姉様を目にしただけで、僕はこんなに温かで、優しい気持ちになれるのだな。10年経っても、感情が失われることはないのだ。

「やあ、僕のお姫様」

嬉しいのか、感動しているのか、泣きそうになる気持ちを必死で押さえつけると、努めて軽い口調を装う。

ルピアお義姉様はしばらく無言で僕を観察した後、おずおずとした様子で尋ねてきた。

「もしかしてハーラルトなの？」

その瞬間、何とも言えない歓喜が胸の中に湧きあがった。

……照れくさいから面と向かって言ったことはないが、実のところ、僕は兄上を尊敬している。

そんな兄上は偉大過ぎるから、誰一人僕と兄上を同一に考えることはないが、他でもないお義姉様が――たとえ外見だけだとしても、僕を兄上だと勘違いしたことに嬉しくなる。

それから、じっくりと観察した後に、僕をハーラルトだと見抜いてくれたことに、もう一度喜びを覚えた。

「そうだよ、ルピアお義姉様。あなたのハーだよ」

その言葉とともに、僕は感極まってルピアお義姉様を抱きしめた。

すごいな、こんなに愛しい存在がこの世に存在したんだな、との気持ちとともに。

しかし、残念なことに、腕の中の至上の存在はすぐに取り上げられてしまった。

「ハーラルト、久しぶりの姉弟再会の場面だとしても抱擁は不要だ！」

それはもう恐ろしいほど嫉妬にまみれた声で、僕が浮かべているだろう表情を何倍にも濃縮した表情をした兄が警告してきたのだ。

――知っていた。

フェリクス兄上がどれほどお義姉様を待ち望んでいたかを、僕はよく知っていた。

己の過ちをものすごく後悔し、反省し、恋慕の情を募らせていたことを。

しかし……。

「うわー、こうなっちゃうのか」

僕は口の中で小さくつぶやく。

最近の兄上は全てを達観していて、感情を露わにすることは滅多になかったのに、どう見たって兄の心情は表情に全て漏れ出ていた。

そうか、兄上はこんな表情ができるんだ。というか、これほど感情が動くのだ。

ここ数年間、兄上はほとんど社交の場に出なかったが、ゼロではない。

式典だとか、外交の席だとかに出席しており、その際に、女性たちは隙あらば兄上にすり寄っていた。

しかし、そんな女性たちを、兄上は絶対零度の冷たさであしらっていたのだ。

それらの冷たい態度とお義姉様に対する態度のギャップがあり過ぎて、同じ人物だとはとても思えない。

そんな風に驚く僕だったが、一方のお義姉様は穏やかな表情をしていたので、きっとそのことを分かっていないのだろう。

10年前の兄上は誰にでも優しかったし、目覚めて以降のお義姉様は他者と関わる兄上を目にしたことがないのだろうから。

お義姉様が新しい兄上の正体に気付いた時は見ものだぞと考えていたが、その機会は意外と早くやってきそうだった。

翌日、お義姉様が王宮舞踏会に参加すると言い出したのだから。

一体どうなることやらと、僕は大きなため息をつく。

兄上を狙う女性の数といったら僕の比じゃない。

兄上は兄弟のひいき目を除いても魅力的だから、舞踏会に参加したら、久しぶりということもあって、とんでもないことになるだろう。

一方のお義姉様も変わらず妖精のようだし、……世間では29歳ということになっているが、どう見ても十代後半にしか見えない。

紳士たちがこの可愛らしいお義姉様の虜になるのは明白だし、そうしたら兄上はそのことを誇らしく思って……くれればいいが、実際には大荒れするのだろうな。

未来には嵐の予想しか立たないのに、お義姉様は全く思い至っていない様子で微笑んでいた。

ああ、こんなんだから兄上はいつまでたっても心配するし、夢中になるのだろうな。

僕だってそうだけれど。

「兄上の妃がこんなに可愛らしいルピアお義姉様だなんて僕は不幸だな」

そうつぶやいてみたけれど……自然と浮かび上がる笑みを抑えることはできなかった。

「ハーラルト、にやついているわよ」

そのため、当然のようにクリスタ姉上に指摘される。

分かっているよ。

結局のところ……フェリクス兄上やクリスタ姉上、それからルピアお義姉様と家族でいられる僕がとても幸せだということは。

自分の感情を認めた僕は仕方がないと観念し、その後の時間はずっと微笑み続けていたのだった。

【SIDE侍女ミレナ】王と双璧の奇行

ルピア様はとても素晴らしい方だ。

それはほんの少しお言葉を交わしただけでも理解できるほど明らかなもので、だからこそ、王とその二人の側近が、ルピア様の素晴らしさに気付かないことが不思議で仕方がなかった。

――今では、理由は分かっている。

基本的に、三人とも仕事一辺倒なタイプなのだ。

王も、兄の宰相も、騎士団総長も、誰もが仕事を中心に生活をしているタイプで、だからこそ、ルピア様の人となりまで深く注意を払う余裕がなかったのだろう。

けれど、一旦注意を払うと、誰もが洞察力がある有能な人物なので、細かいところまで色々と気付いてしまう。

そして、ルピア様はその細かいところまで完璧に素晴らしいので、全員が打ちのめされて、床に這いつくばる結果になったのだ。

なったのだったが――……。

私は目の前に座る兄を見て、正気を疑いたくなる。

けれど、兄は瞠目している私に気付かない様子で、手に持った紙を差し出してきた。

「ミレナ、こちらは3か月分の王妃陛下の手当の金額だ」

どうしよう、これは。確認すべきなのか、それともスルーすべきなのか。

「王妃陛下は眠っておられるので、ご要望を述べられるのは難しいだろう。お前が色々と考えて使い切ってくれ」

自分のことに頓着しない兄は、必要なことだけ述べると席を立とうとした。

そのため、慌てて兄を呼び止める。

「お兄様！」

ダメだ、これは。確認すべきことだ。

「どうした？　金額が少なかったか」

もちろん違う。渡された書類に目を通していないが、3か月ではとても使い切れないような金額が記されていることは分かっている。

そうではなく、言いたいことは兄の外見だ。

「その頭は何事ですか？」

ストレートに質問すると、兄は「ああ」と言いながら片手で顔を触った――正確には、頭に被っていたいかつい鉄仮面を。

「考えたのだが、私の存在は王妃陛下にとって、ご不快で仕方がないことだろう。もちろん目覚められた王妃陛下のご意思に従い、どんな処分でも受けるつもりだが、それでも、宰相として過ごす以上、処分が執行されるまでに、王妃陛下に何度かお目通りする機会があるはずだ」

「ええ、そうですね」

よかった、今のところ考えはまともだ。

突然、当たり前のように鉄仮面を被った兄が部屋に現れたため、おかしくなってしまったのかと考えたが、話を聞いている分には正常そうに見える。

「王妃陛下にとって、私の顔を目に映すことは苦痛だと思う。そのため、王妃陛下のお苦しみを取り除くために、顔を隠すことにしたのだ」

「……はあ、それで、どうしてルピア様はまだ眠っておられるのに、鉄仮面を被るのですか?」

兄は理路整然と語ったつもりのようだが、ところどころに論理の飛躍が見られる。

そもそも鉄仮面を被るという結論に至ったことがおかしいのだけれど、兄自身はそのことに気付いてもいないようだ。

加えて、ルピア様が眠っている今の時点で鉄仮面を被っていることもおかしい。

見ているだけで鬱陶しい鉄仮面をどうしても被りたいのであれば、ルピア様が目覚めてからでもいいではないか。

そう考えての質問だったが、兄は信じられないといった声を出した。

「そうしたら、私がこの仮面を被った原因はご自分だと考えて、王妃陛下がお心を痛められるかもしれないじゃないか！　そんなことはさせられない。だからこそ、王妃陛下と無関係であることを示すため、今のうちから仮面を被ることにしたのだ」

「はあ、そうなんですね」

兄にしては、気を遣った考えだ。

けれど、それ以前に色々と言いたいことがある。

そもそも仮面を身に付けるにしても、もう少し王宮にそぐう、仮面舞踏会で着用するような目元だけを隠すような洒落たものもあっただろうに、なぜよりにもよって顔全体を覆う鉄仮面を被るのだろうか、とか。

宰相の立場の者が奇天烈な格好をしていることで王宮の雰囲気を損ない、その格を落としているのに、王は何も注意されないのか、とか。

けれど、一番言いたいことは別のことだった。

「……ああ、お兄様って馬鹿だったんだ」

✿　✿　✿

私は突然、幼い頃を思い出した。

あれは私が5歳の時のことで、兄は15歳になっていたはずだ。

庭で遊んでいたところ、突然、ぽつりぽつりと雨が降ってきたので、私は慌てて屋敷に駆け込もうと走り出した。

一方、近くにいた兄は空を見上げて、挙動不審な動きを始めた。

そのため、雨に濡れてしまうと思いながらも立ち止まり、私は兄に尋ねたのだ。

「お兄様、何をしているのですか？」

「雨を避けようとしている。雨の落ちてくる速度と角度、風といった要因を計算すれば、それぞれの雨粒の落下場所を割り出せるはずだ」

「……そうなんですね」

それだけ聞くと、私は館へ向かって全速力で駆け出した。

雨脚はだんだん強くなってきていたけれど、私は何とか本格的に降り出す前に玄関下に駆け込むことができた。

そのため、服はほとんど濡れることがなかった。

ほっと安心しながら庭を見つめると、ざあざあと本降りになった雨の中、空を見つめながらおかしなステップを踏み、びしょ濡れになっている兄が見えた。

その時に思ったのだ。

――ああ、兄は頭が悪いのだ、と。

ものすごく勉強ができるし、神童だと称えられているけれど、勉強ができるだけで、日常生活は上手くこなせない馬鹿なのだわ。

✿ ✿ ✿

あの時から10年以上が経過し、兄は宰相という立派な職に就き、きちんと仕事をこなしているように見えるけれど、きっと本質は幼い頃と変わっていないのだ。

私はため息とともに兄を部屋から送り出した。

それから、5年の月日が経過した。

新しいシーツを手にルピア様の寝室に戻ると、いつものように王がいて、ルピア様の手を握っていた。

……ああ、ここにも一人、常識から外れた行動をされる方がいらっしゃるのだった。

今や国内のみならず、大陸中からその価値を認められている希代の王は、ものすごく忙しいにもかかわらず妃の側から離れられずにいた。

この部屋には私を始めとして必要な人手は揃っており、聖獣バド様だっている。さらに、部屋を囲むようにして多くの騎士が警備しているのだから、王が妃に付きっきりになる必要はないのだ。

けれど、そのことを十分理解しているはずの王は、まるで自分が側にいないとルピア様がどうにかなってしまうと思い込んでいるようで、王の生活に不便をきたすほど妃の側を離れない。

そして、書類を持ち込んでは妃の寝室で政務を行うとともに、時間の許す限りルピア様に話しかけている。

微笑みかけたり、苦痛に顔を歪めたり、涙を零したりしながら。

恐らく、知らない人が見たら、王は乱心していると思うだろう。

実際に、乱心しているのと同じ程度に、王は王妃に囚われっぱなしだった。

「……ルピア様がお目覚めになったら、元の王に戻られるのかしら？」

希望的観測でそうつぶやいてみたけれど、きっと、もう元には戻らないだろうことは分かっていた。

そのため、私は邪魔にならないようにと、そっと部屋を後にしたのだった。

――――夜になった。

「ルピア様、ゆっくりとお休みになる時間になりました。今夜は月が綺麗ですが、カーテンを閉めますね」

眠り続けるルピア様にそう声を掛ける。

この部屋は2階にあるため、カーテンに手を掛けた際に窓から庭を見下ろすと、そこには騎士たちが均等に立ち並び、この部屋を警備しているのが見えた。

そして、今夜もその中に一人だけ、等間隔の配置を無視して直立している騎士の姿があった。

もちろん彼は正式には夜間警備のメンバーに選ばれていないため、勤務時間外に勝手にこの部屋を警備しているのだ。

「……ルピア様、今夜もビアージョ騎士団総長が、この部屋を自主警備されていますよ」

そもそも騎士団総長の職位の者が、一個人の夜間警備をすることなどありえない。

にもかかわらず、ビアージョ総長は日中には騎士団を総括する本来業務をこなし、夜になるとこの部屋が見える場所で警備にあたっているのだ。

何度か夜中に確認したところ、壁を背にして座り込んでいる総長を見たので、どうやら警備の合間に仮眠を取っているようだ。

ビアージョ総長は49歳だったはずだけれど、まだまだ底なしの体力を持っているのだろう。

そして、その体力を使って、寝る間も惜しんでルピア様の警護をされているようだった。

私はそんなビアージョ総長たちの警備がやりやすいようにと――――もしも何者かがこの部屋に入り込んだ場合、窓の外からシルエットが確認できるようにと、薄いレースのカーテンだけを閉め、窓から離れた。

ルピア様は寝台の上で、穏やかな表情をして眠っておられた。

その枕元には、政務を終えた王が当然の顔をして居座り、ルピア様の手を握って何事かを話しかけている。

ルピア様の反対側には聖獣バド様が横になり、呆れたように王を見ていた。

私は部屋が整えられていることを確認すると、一礼をしてルピア様の寝室から退出する。

それから、自室に向かって薄暗い廊下を歩きながら、こっそりと独り言ちた。

「……ルピア様が眠り続けているので、我が国の王と武官、文官のトップがおかしくなってきましたよ。妃の寝室から離れない王、王妃の夜間警護専門の騎士団総長、鉄仮面宰相……酷いものです」

私は寝台の上で眠り続けるルピア様を思い浮かべ、言葉を付け足す。

「ですが、もちろんそんなことは彼らの勝手なので、ルピア様はお好きなだけ眠り続けてくださいね」

もしもルピア様の意識が戻ったならば、お優しい王妃様のことだから、「困ったわね」と言いながらすぐに起き出して、三人の愚行を止めようとするだろう。

「……そう考えると、あの三人はルピア様が大好きで、構ってほしいのかしらね？」

けれど、もちろん私はルピア様ほど優しくなく、三人に対して業腹だったので、彼らの好きにさせておいた。
三人を見ても分かるように——この王宮を真に支配しているのは、眠り続けている王妃だった。

フェリクスが贈れなかったルピアへのプレゼント

「これは何かしら？」

私が眠り続けている間、居室に新たに増えた家具は何もない。

そう思い込んでいたため、部屋の中に見覚えがないクローゼットを見つけた私は首を傾げた。

目立たない場所に置いてあったためか、これまで気付かなかったけれど、それは丁寧な手彫りが施されたクローゼットだったので、大事な物が収められているような気持ちになる。

「私の部屋にあるものだから、開けていいわよね？」

誰にともなくつぶやきながら扉を開くと、中には綺麗に包装された箱がぎっしり詰まっていた。

「贈り物？」

箱の大きさは様々だったけれど、使用されているリボンは全て白色と紫色だったため、思わず自分の髪に手をやる。

「偶然でこんなに色は揃わないわよね。白色と紫色だなんて、私の色に合わせてくれたと考えるのは図々しいかしら？」

誰かの秘密を見てしまったような気持ちになって、そっと扉を閉じようとすると、後ろで小さな声が上がった。

「あっ」

振り返るとフェリクス様が立っていて、まずいものを見られたとばかりに片手で口元を覆っている。

そのため、開けてはいけないものを開けた気持ちになって、慌てて謝罪した。

「もしかしてこれはフェリクス様の物だったの？　ごめんなさい、私の部屋にあったので、私の物のような気持ちになって勝手に開けてしまったわ」

フェリクス様は気恥ずかしそうな表情で近寄ってくると、私を見下ろす。

「いや、君の物で合っているよ。……これらは全て君へのプレゼントだ。これまで君に贈れなかった分の」

「私に贈れなかった分のプレゼント？」

それはいつのことかしらと思っていると、彼は決意したかのように一歩踏み出し、クローゼットの中に手を伸ばした。

それから、緊張した様子で私に箱を手渡す。

「これは君が眠りについて3年目の誕生日プレゼントだ。その当時は大きなリボン付きの夜着が流行っていたから、ガウンとともに君に贈りたかった」

受け取った箱を開けてみると、繊細なレースで縁取られた夜着と、お揃いのガウンが出てきた。

「それから、これは君が眠りについて8年目の虹の女神祭のプレゼントだ。その、動物を側に置くと、心が安らぐとのことだったから」

包みの中から出てきたのは、動物を象《かたど》った木工細工だった。

それはとっても味のあるものだったため、フェリクス様の手作りの品ではないかしらとぴんとくる。

「フェリクス様が作ってくれたの？」

「その、職人の手によるものを購入すべきだと思ったが、それではあまりに私が楽をしているように思われてね」

フェリクス様はまるで言い訳のような言葉を口にしたけれど、職人の手作りの品をもらうより何倍も嬉しい。

「フェリクス様、ありがとう。とっても嬉しいわ」

正直な感想を告げると、私はにっこりと微笑んだ。

フェリクス様も微笑み返してくれ、次の贈り物を手渡される。

そんな風に渡された贈り物を次々に開けていくのは、とても楽しい時間だった。

そのため、浮かれたような気持ちになっていたけれど、彼の説明を聞いているうちに、ふと思い当たることがあって動きを止める。

フェリクス様がしまい込んでいた贈り物は、私が今すぐに使わない物ばかりだわ……。

「フェリクス様、一つ尋ねてもいいかしら？　私が10年の眠りから目覚めた時に体に掛けてあったブランケットは見たことがない物だったわ。あれもフェリクス様からの贈り物なの？」

「……ああ、君が眠りについて1年目の誕生日プレゼントだ。君は時々寒そうに震えていたから、君を包み込むための暖かいブランケットを贈った」

「そうなのね」

やっぱりそうだったわ。

先ほどから渡されるプレゼントは全て、眠りについて3年目以降のものだった。

私が眠りについた直後はフェリクス様も混乱していただろうから、プレゼントを買い溜めることは3年目から始めたのかしら、と最初は思ったけれど、贈り物を開けているうちにそうではないと気付いたのだ。

フェリクス様は最初からずっと、10年もの間、私に贈り物を買い続けてくれていたのだ、と。

私が目覚めることはないだろうと思っていた最初の2年間は、眠る私が使用できる実用的な物を贈ってくれた。

いつ目覚めてもおかしくないと思われた3年目以降は、その当時の流行りを取り入れた、目覚めてすぐの私を喜ばせるものを贈ってくれた。

けれど、私は10年間目覚めなかったため、3年目以降の贈り物はそのましまわれていたのだ。

「フェリクス様は眠っていた3年目の私も、4年目の私も、5年目の私も、……10年目の私まで、ずっと喜ばせようとしてくれたのね」

ぽつりとつぶやくと、フェリクス様は切なそうな表情を浮かべた。

「君は本当に、他者の気持ちを読み取ることに長けているね。ああ、そうだ。私は君を喜ばせたかった」

彼の10年間の思いやりに触れた私は、とても温かい気持ちになることができた。

そのため、自然と笑みを浮かべると、彼にお礼を言う。

「ありがとう、フェリクス様。とても嬉しいわ」

シンプルで言葉足らずなお礼の言葉だったけれど、フェリクス様に私の気持ちは伝わったようで、嬉しそうに微笑んでくれた。

そんな彼と一緒に、再び新たなプレゼントを開けていく。

包みの中から出てきたのは全て、私のことを考えて用意された贈り物ばかりだった。

そのことが本当に嬉しくて、二人で顔を見合わせて微笑み合っていたけれど、不思議なことに、私が眠っていた年数分の贈り物を全て確認した後も、クローゼットにはまだたくさんの箱が残っていた。

一体どういうことかしら、と残った箱を眺めていると、フェリクス様がそのうちの一つを取り出した。

それから、緊張した様子で差し出してくる。

「私のもとに嫁いできた時、君は17歳だった。これはその1年前の16歳の君への贈り物だ。君は16歳の時には既に私のことを知っていて、私の大事な日を覚えていてくれて、何度も最上の贈り物をしてくれた……我が国の王宮上空に美しい虹を」

そう言うと、彼は私の手にラッピングされた箱を置いた。

「だから、その頃の君に、私からも贈り物をさせてほしい」

包みの中から出てきたのは、可愛らしい髪飾りだった。

一国の王妃が髪に飾るような豪華なものではなく、16歳の娘が可愛らしいと感じるようなデザインの髪飾り。

私は一目で気に入ったので、彼に向かって髪飾りを差し出す。

「着けてくれる?」

フェリクス様は胸が詰まったような表情を浮かべると、髪飾りを手に取って私の髪に着けてくれた。

それから、うっとりとした様子で私を眺めると、優しい声で褒めてくれる。

「とてもよく似合っているよ」

「ありがとう」

その後も、彼は一つずつ贈り物を手に取ると、それぞれの品について説明してくれた。

「これは15歳の君への贈り物だ。君が15歳の時、手袋を集めることに凝っていたと君の母国の者に聞いた。だから、我が国固有の花で染めた手袋を君に贈る」

「これは10歳の君へ。10歳の君はうさぎになりたがっていたと聞いた。だから、うさぎの毛を模したコートと、うさぎになりきるためのグッズだ。うん？　なりきりグッズとは……具体的には、頭に着ける耳と尻尾だな。いや、それを着用した姿を見たいというわけでは……はい、見たいです」

次から次に贈り物をされた私は嬉しくなって、浮かれていて、普段は出ないような軽口が飛び出てくる。

すると、フェリクス様も茶目っ気を覗かせて、おどけた答えを返してくれた。

そのことがまた嬉しくて、とても楽しい気持ちになって一緒に笑い合っていると、フェリクス様が最後の箱を差し出してきた。

「これは7歳の君へ。私を選んでくれた小さな君に、感謝を込めて」

彼の言葉には深い思いが込められているような気がして、頬を赤くしながら箱を開けると、中から出てきたのは小さな絵姿だった。

6歳のフェリクス様と7歳の私が描かれている肖像画。

「君と出会った日のことを思い出したよ。幼くても君はきちんとしたレディで、私に優しくしてくれた。出会った日に着ていた服を調べて、描いてもらったのだ」

「……フェリクス様はすごいのね」

私にとって宝物そのものの彼と出会った日を切り取って、永遠に残るように絵の中に閉じ込めてくれたのだから。

ああ、私が好きになった優しさは、今でもそのままの形で彼の中に残っているのだわ。

いいえ、違うわね。フェリクス様は以前よりももっと優しくなっているのだわ。

だって、今のフェリクス様は過去の私のことまで考えて、心を砕いてくれるのだから。

「フェリクス様は本当に素敵だわ。こんなあなたに誰もが魅かれるでしょうね」

「君の口調から判断するに、その『誰も』の中に君は入っていないのだろう？　それではゼロと同じことだ」

フェリクス様はいつぞやと同じような言葉を口にした。

以前はさらりと流してしまった言葉だけれど、今日はなぜだか引っ掛かる。

「私は入っていない？　……そうなのかしら？」

「えっ」

目を丸くするフェリクス様を見て、私は頬を赤らめた。

「まあ、ごめんなさい。はしたなかったわね」

「君はいつだって慎み深いよ！　慎み深過ぎて、もう少し奔放にならないかと願ってしまうくらいだ」

熱心に言い募ってきたフェリクス様を見て、思わず声が零れる。

「まあ」

そんな私に対して、フェリクス様は言葉を続けた。

「分かっている、君は今たくさんのプレゼントを開けて、気分が高揚しているということは。だからこそ、一緒にいる私に気安い気持ちを抱いてくれただろうことは。だが、それが今だけのことだとしても、私はありがたく受け取るよ」

私は何とも返事をしようがなくて、困ったように彼の名前を呼ぶ。

「フェリクス様」

フェリクス様は額がくっつくくらいに顔を近付けてくると、熱がこもった声でお礼の言葉を口にした。

「目覚めてくれてありがとう。それから、28年間贈れなかったプレゼントを贈らせてくれてありがとう。どうか今後もずっと、君にプレゼントを贈らせてくれ」

それは、ずっと一緒にいたいという彼の願いだった。

フェリクス様の言うように私は高揚していて、普段と異なる心持ちになっているのか、そんな未来も素敵ねと感じてしまう。

けれど、それは言葉にならず、潤んだ瞳で見上げただけだったので——そんな私を見てフェリクス様が何を感じたかは分からない。

分かるのは、フェリクス様がただ一言、私の名前を口にしたことだけで、……そこに万感の思いが込められているように感じたのは、私が読み取りたいものを読み取ったからに違いない。

「ルピア」

彼に名前を呼ばれた私は、私の名前は何て素敵なのだろうと思い、今後もこんな声で名前を呼んでほしい、と心から思ったのだった。

あとがき

おかげさまで3巻が刊行され、再び皆さまにお会いすることができました。

本巻をお手に取っていただきありがとうございます。


いよいよ目覚めたルピアとフェリクスの恋慕&贖罪パートが始まりました。

果たして、フェリクスの愛と懺悔はルピアに伝わるのでしょうか。

フェリクスは全力ですが、ルピアもいつだって全力ですので、ベクトルが逆の方向を向いていると上手くかみ合わないですよね。二人に加えて、弟妹や側近たちも関わってくるので、さあ、上手く調和するのでしょうか。

番外編は明るい話や甘い話になっています。本編の不足を補うというか、次巻はこんな感じです、という予告も兼ねています。

4巻はもっと明るく甘い話になる予定ですので、引き続きお手に取っていただけると嬉しいです。

そんな本巻を、またもや喜久田ゆいさんが素晴らしいイラストで彩ってくれました。

表紙がとんでもないことになっていますね！　フェリクスがルピアを囲い込む構図が、彼の心情を正しく表していて、一枚の絵でここまで伝えられる喜久田さんの力はすごいなと感心しました。

細部まで繊細かつ丁寧に描かれていて、どの部分を切り取っても麗しいのですが、裏表紙まで続く一枚絵として見た時の色の調和がものすごいですね。

藍色が絶妙に効いていて、オレンジ色に混ぜることでこんな調和が生まれるのかと、イラストをもらった時に呆然としたことを覚えています。

全体的に描いてあるオレンジ色の花は、喜久田さんがカバー袖でコメントされたようにノウゼンカズラ（ぽいもの）でして、花言葉は「不変の愛」「愛情の絆」「献身的な愛」といったポジティブなものから、「束縛」「依存」「執着」といったネガティブなものまであります。

これらの花言葉を聞いた時、全てフェリクスに当てはまるな!!　と、この花を探して描いてくれた喜久田さんに感謝しました。

あっ、それから、裏表紙の鉄仮面が印象的ですよね。

口絵カラーからモノクロイラストまで全てが素晴らしいので、挿絵ページが出てくるたびにお楽しみいただけるのではないかと思います。

喜久田ゆいさん、素晴らしいイラストを描いていただきありがとうございます!!

それから、本作はコミカライズが予定されており、ノベル4巻が出るまでにスタートするのではないかな、と期待しています。

漫画はノベルの何倍もの情報量があるので大変ですよね。

どうぞ期待して、一緒に待ちましょう。


最後になりましたが、ここまで読んでいただきありがとうございます。

本作品が形になることにご尽力いただいた皆さま、読んでいただいた皆さま、どうもありがとうございます。

おかげさまで、本巻も多くの方に読んでいただきたいと思える素晴らしい1冊になりました。

どうか楽しんでいただけますように！

乙女ゲームの悪役令嬢に転生したルチアーナ。「生まれ変わったら、モテモテの人生がいいなぁ」なんて妄想していたけれど…。

決めた！ 断罪イベントを避けるため、恋愛攻略対象は全員回避で、今世もおとなしく過ごします！ なのに、待って。どうしてみんな寄ってくるの？

おまけに私が世界で一人だけの『世界樹《ユグドラシル》の魔法使い』!?

いえいえ、私は絶対にそんな貴重な存在ではありませんから！

もちろん溺愛ルートなんてのも、ありませんからね——!?

GC UP!
毎月7日発売
悪役令嬢は溺愛ルートに入りました!?
原作：十夜・宵マチ　作画：さくまれん
構成：汐乃シオリ
失格紋の最強賢者
～世界最強の賢者が更に強くなるために転生しました～
原作：進行諸島（GAノベル／SBクリエイティブ刊）　漫画：肝匠&馮昊（Friendly Land）
キャラクター原案：風花風花
神達に拾われた男
原作：Roy　漫画：蘭々
キャラクター原案：りりんら
転生賢者の異世界ライフ
～第二の職業を得て、世界最強になりました～
原作：進行諸島（GAノベル／SBクリエイティブ刊）　漫画：彭傑（Friendly Land）
キャラクター原案：風花風花
お隣の天使様にいつの間にか駄目人間にされていた件
原作：佐伯さん（GA文庫／SBクリエイティブ刊）　原作イラスト：はねこと
作画：芝田わん　構成：優木すず
ここは俺に任せて先に行けと言ってから10年がたったら伝説になっていた。
原作：えぞぎんぎつね（GAノベル／SBクリエイティブ刊）　漫画：阿倍野ちゃこ
ネーム構成：天王寺きつね　キャラクター原案：DeeCHA
勇者パーティーを追放されたビーストテイマー、最強種の猫耳少女と出会う
原作：深山鈴　漫画：茂村モト
マンガUP!
毎日更新

SQEXノベル

誤解された『身代わりの魔女』は、国王から最初の恋と最後の恋を捧げられる　3

著者
十夜
イラストレーター
喜久田ゆい

2023年12月7日　初版発行

発行人
松浦克義

発行所
株式会社スクウェア・エニックス
〒160−8430
東京都新宿区新宿6−27−30　新宿イーストサイドスクエア
（お問い合わせ）スクウェア・エニックス　サポートセンター
https://sqex.to/PUB

印刷所
図書印刷株式会社

担当編集
大友摩希子

装幀
佐野 優笑（バナナグローブスタジオ）

ISBN978-4-7575-8950-6 C0093

Printed in Japan